枪与巧克力

〔日〕乙一 著

王华懋 译

中国友谊出版公司

图书在版编目（CIP）数据

枪与巧克力/（日）乙一著；王华懋译．－－北京：中国友谊出版公司，2023.11
ISBN 978-7-5057-5720-2

Ⅰ.①枪… Ⅱ.①乙…②王… Ⅲ.①长篇小说—日本—现代 Ⅳ.①I313.45

中国国家版本馆CIP数据核字（2023）第172663号

著作权合同登记号　图字：01-2023-3670

《JUU TO CHOKOREETO》
©Otsuichi 2016
All rights reserved.
Original Japanese edition published by KODANSHA LTD.
Publication rights for Simplified Chinese character edition arranged with KODANSHA LTD.
through KODANSHA BEIJING CULTURE LTD. Beijing, China
本书由日本讲谈社正式授权，版权所有，未经书面同意，不得以任何方式做全面或局部翻印、仿制或转载。

书名	枪与巧克力
作者	[日]乙一
译者	王华懋
出版	中国友谊出版公司
发行	中国友谊出版公司
经销	新华书店
印刷	三河市中晟雅豪印务有限公司
规格	787毫米×1092毫米　32开 7.75印张　119千字
版次	2023年11月第1版
印次	2023年11月第1次印刷
书号	ISBN 978-7-5057-5720-2
定价	48.00元
地址	北京市朝阳区西坝河南里17号楼
邮编	100028
电话	（010）64678009

目 录 *Contents*

序章　　　　／001

第一章　　怪盗与地图　／013

怪盗与财宝　／024

侦探与信函　／032

秘书登场　　／042

第二章　　美术生与面包／057

神秘黑影　　／071

窃贼　　　　／084

杜巴耶　　　／099

第三章　　名侦探的演说　/ 113

　　　　　　你完了　　　　/ 124

　　　　　　父亲的故乡　　/ 137

　　　　　　与侦探重逢　　/ 154

第四章　　地图上的城镇　/ 173

　　　　　　出发　　　　　/ 183

　　　　　　风车磨坊　　　/ 194

　　　　　　怪盗的秘密　　/ 208

　　　　　　尾声　　　　　/ 223

序章

奥利吉内[1]因发明了优秀的子弹制造机而成为大富翁。将铅灌入机器后,只要"叽——咔锵"地拉一下杆子,一口气就能做出好几十颗子弹,女人边操作还能边哄孩子。有座工厂人手不足,甚至让抱着熊布偶的小女孩来操作机器。"叽——咔锵",做好的子弹被运送到其他工厂,与火药和弹壳组合在一起。据说奥利吉内公司的子弹不但便宜,而且飞得又直又远。

奥利吉内拥有的金币在深夜时分消失了。"叽——咔嗒,叽——咔嗒……"的噪声吵醒睡梦中的他。奥利吉内揉揉眼睛,仔细一看,是风吹得窗户一开一合。他躺在床上,不禁感到讶异:真奇怪,明明睡前已经关好

---

[1] 本书中出现的人名和地名皆为巧克力品牌。Origine Cacao,川口行彦于二〇〇三年开设的巧克力专卖店。——如无特殊说明,本书注释均为译者注

了窗户。奥利吉内环顾四周，发现保险柜的门开着，里头空无一物。他连忙大声呼唤用人。

当无数的警车赶到豪宅庭院时，看门狗仍在睡梦中。它们似乎被人喂了掺进安眠药的狗粮。

"保险柜里应该有'英雄的金币'！"

奥利吉内惨白着脸向警方说明。"英雄的金币"价值非凡，为了得到这些金币，钱币收藏家甚至不惜变卖豪宅。众调查员开始搜查保险柜周围。不一会儿，一名调查员便在桌上发现了一张红色卡片。

有人大叫："是怪盗歌帝梵[①]！快联络总部！"

以上便是失窃案发生当晚的来龙去脉。奥利吉内激动万分地如此描述：

"卡片上以英文署名 GODIVA。虽然警方很快拿走了卡片，我只瞄到一眼，但上面确实是这么写的。你说会不会是我看错了？不可能。警方不是随即就公开宣布了这是怪盗歌帝梵作案吗？你问除了署名还有什么？呃，这是秘密，警方要求我不能泄露。"

[①] GODIVA，比利时巧克力品牌，在全球有数百家分店。

"你妈妈让我去买东西,待会儿一起去市场吧。"

听到父亲的话,我从五个月前的报纸中抬起头。

散步途中,父亲在小摊上买了最便宜的面包给我。我们坐在公园长椅上吃。我手边正在看的,就是用来裹面包的旧报纸。

"好啊,要买什么?"

"胡椒粉。不晓得钱够不够……"

"胡椒粉?家里不是还有吗?"

"你妈妈一早就东翻西找的,说是整瓶胡椒粉都不见了。"

父亲从旧外套的口袋掏出色泽暗淡的硬币,一枚枚数起来。有轨电车闹哄哄地驶过。我把面包屑丢进嘴巴,目光移回看了一半的报纸上。

五个月前的报纸上,刊登了奥利吉内的相关报道及失窃的"英雄的金币"插图,金币上似乎雕刻着神话里的英雄的侧脸。我对"英雄的金币"失窃案件有印象,这起案件当时在我们学校也掀起一阵话题。

"不得了,怪盗又现身了!"

"这次偷的是金币!"

"怪盗真是太邪恶了!"

我和朋友兴奋地叫嚷着,在教室里跑来跑去。

父亲蜷起背咳嗽,手中的硬币滚落到石板路上。

"糟了!"

父亲趴在路上,逐一捡起硬币。要是少了一枚可不妙,我也蹲下来帮忙。其中一枚硬币卡在石板的缝隙间,我和父亲用小树枝把它抠了出来。父亲数着沾满污垢的肮脏硬币,又不住地咳嗽起来。父亲咳了好一段日子,或许是镇郊工厂黑烟的缘故。受到风向的影响,黑烟笼罩整座城镇,就连待在家里,父亲也会难受得直咳嗽。

市场位于城镇中心,那里有贩卖堆积如山的番茄和切块羊肉等商品的形形色色的店。我们挤出人群,前往卖香料的店。瓶装胡椒粉就放在店面最显眼的地方。

"太贵了,不能算便宜一点吗?"

看到标价,父亲询问老板。老板摇摇头。

"移民先生,请到别的店买吧。"

"移民"不是正式用语,而是小孩子之间才会使用的字眼。店老板这样说,是在嘲笑父亲吧。父亲一句话也没回应,牵着我的手离开。黑发,加上浑圆的眼形——父亲有移民的血统,所以有时店家不肯卖东西给他。

"哎，别这么生气。"父亲安抚我。

"为什么有些人就是要排挤我们？"

"以后找机会告诉你。"

我们在市场外围再度发现胡椒粉。那里与其说是卖香料的店，不如说是什么都卖的杂货摊。铺在地面的布上，摆着香烟、烟斗、熨斗、十字架摆件等。摊贩老板瘦得像只鸡，是个中年男子。父亲向老板开口：

"请给我一瓶胡椒粉。"

"不顺便带点别的东西吗？要是一起买，特别算你便宜点哟。"

摊贩老板将胡椒粉瓶装进纸袋。

"那本书也一起买好了。"

十字架摆件旁，放着一本泛着褐色污渍的旧书，似乎是《圣经》。封面的边缘有多处破损。

"往后或许会派上用场。"

父亲付完钱，老板将《圣经》和胡椒粉装进同一个纸袋。

"谢谢惠顾。你很有眼光，这本《圣经》真的不错。它可不是一般的《圣经》，而是大有来头，你最好随身携带。"

"大有来头?"

老板点点头。

"几个月前,我在其他城镇摆摊,碰上一起意外。"他的声音庄严无比,仿佛在讲述神话,"一座老教堂失火,里面的民众几乎都平安逃出,只剩一个小男孩还留在里面。一名年轻人冲进熊熊燃烧的教堂,过了一会儿,他背着孩子逃了出来。虽然教堂被烧得精光,但两人只受了轻微的烧伤。不过,这位年轻人很奇怪,男孩的父母向他道谢时,他居然捧腹大笑起来,像悟道的神父般说:'哎,人的生死真是难料,差点付之一炬。欸,神父,能不能请你收下这个?就当是我捐给教堂的。'接着,他从皮包掏出一本《圣经》,也就是你刚才买下的那本。那可是拯救孩童的圣人的《圣经》,我好不容易向认识的神父买来的。"

"不过是本旧书,听起来太假了。林兹①,我们回家吧。"

父亲牵起我的手迈开脚步,身后传来摊贩老板的大笑声。

---

① Lindt,即瑞士莲,瑞士巧克力品牌,一八四五年创立。

"这本书你拿着。"

父亲把装有胡椒粉瓶与《圣经》的纸袋交给我。纸袋沉甸甸的。

没多久,父亲便住进医院,他的肺病相当严重。我总算明白父亲会咳嗽是生病的缘故。我和母亲不断前往父亲的病房,父亲的同事也来探病。到了秋天,干枯的叶子被风吹落,在街道上沙沙打滚。父亲过世时,我十一岁。

父亲过世三个月后,某富翁家里的宝物"白银的长靴"失窃,现场留下一张扑克牌大小的卡片。搜查总部正式宣布,这是怪盗歌帝梵犯下的第二十起盗窃案。

第一章

怪盗与地图

那天早上,我正在冷得像冰库般的饭厅里喝汤,听见玄关外头有动静,走过去一看,发现是送报员在敲摩洛索夫①先生家的门。

"隔壁人家外出旅行喽。"

母亲出声告知。送报员露出困扰的表情。

"真伤脑筋,报纸塞不下了。"

我和母亲住在公寓的二楼。打开我们家的大门,隔壁就是摩洛索夫先生家的大门。门上的报箱塞满报纸,再多一份都无法容纳了。

"要不要我们帮忙保管?"母亲提议。

"可以麻烦你们吗?"

---

① Morozoff,总公司位于日本兵库县的西洋糕点店。最早为俄罗斯人摩洛索夫一家在神户经营的巧克力店。

送报员把报纸交给母亲后便离去。我冷得直打哆嗦。四月将至,空气却依然冰冷。母亲从报箱抽出一份份报纸,打算把之前的报纸也拿去一并保管。

"叔叔还没回来呢?"

"或许是在旅途中认识很棒的女士。"

就算回到屋内,也跟在外头差不多冷。由于舍不得煤气费,家里没开暖气。母亲打开卧室的衣柜,将报纸塞进盒子,拍拍双手抖落灰尘。

"该去上学了,换衣服吧。你想穿睡衣去学校吗?"

水煮沸的声响传来,母亲走回厨房。我盯着放报纸的盒子。叠放在最上头的是今天的晨报,我瞄到报道的标题——

《怪盗歌帝梵再度现身?!》

我避开母亲的注意,悄悄拿起报纸,关上衣柜。

做好上学的准备后,我和母亲一起离开家。下了公寓楼梯,走在石板路上,与提着便当盒前往工厂的人们错身而过。他们穿着厚外套,冷得缩起背。我和母亲走向有轨电车车站。母亲上班的药品工厂在城镇另一端,走路的话要花两小时,所以她总是搭有轨电车。

自从七个月前父亲住院,母亲便开始外出工作。因为父亲无法工作,家里就失去了经济来源。可是,母亲的薪资微薄,为了节省餐费,炖汤的料减少一半。衣服即使破了洞,也不能随便丢弃。我和母亲合力搬开家中所有柜子,查看底下有没有硬币掉落,但幸运不如想象的那样俯拾皆是。

"梅莉①太太,午安。"

十字路口附近的花店老板扬声道。

"您好。"

母亲在花店前打招呼。每次母亲要去医院照顾父亲时,老板都会把卖剩的花以特别便宜的价格卖给母亲。

"梅莉太太,你今天也好美啊。路上小心,林兹也是。"

花店老板瞥我一眼,顺便补上一句。

打从十八岁的时候生下我,母亲就没再长高。母亲手臂纤细,脚也很小巧。喝醉的父亲和摩洛索夫先生总当她是小孩,她常为此愤愤不平。花店老板一定是喜欢

---

① Mary Chocolate,日本糕点品牌,主力商品为巧克力。

母亲的。她似乎没发现对方热情的眼神。只是，他看我的眼神冷若冰霜。母亲有我这个孩子，他不怎么开心。

母亲不是移民，而是属于占这个国家人口比例最大的种族。她的鼻梁精致，头发也十分飘逸。换句话说，我是移民与非移民结合所生的混血儿。如果花店老板向母亲求婚，并且顺利再婚，就得抚养我这个移民的混血儿。他肯定觉得，要是没有我碍事就好了。

有轨电车车站挤满了要去上班的人。母亲排在队伍末尾，从手提袋里取出破破烂烂的钱包。

"要认真念书哟。"

母亲叮咛着，给我买午餐的零钱。

"怪盗歌帝梵又现身了，你们有没有听说？"

午休时间，狄恩[①]在学校餐厅一边吃着三明治，一边打开话匣子。

"跟上次相隔了三个月吧。这次偷了什么？"

德鲁卡慢慢吞下面包问道。他家是开面包店的，因此每天中午都吃卖剩变硬的面包。

---

① 与后面出现的另一个朋友德鲁卡，名字来自 Dean & DeLuca，美国的食品连锁店。

德鲁卡带的面包比平常多，分给我一些当午餐。托他的福，不必动用母亲给的午餐钱，我把硬币收进口袋。

"有失窃案的相关报道，报纸在我的书包里。"我回答。

"太棒了！我们一起看！"狄恩欢呼。

校舍后方，低年级的男生在玩"罗易斯[①]与歌帝梵"游戏。"罗易斯与歌帝梵"是我们学校最流行的游戏。学生们分成两队，罗易斯队追捕歌帝梵队。大家都想加入罗易斯队，所以猜拳输的一方只能加入歌帝梵队。

我们坐在校舍后方堆置的木材上。

"怪盗歌帝梵再度现身啊……"

德鲁卡接过我从书包里取出的报纸，念出标题。

"怪盗真的太过分了！居然偷走大家的财产！"狄恩压抑着愤怒开口。

报道描述了案情的大致情况：昨晚，首都的半岛百货[②]遭窃，存放现金的保险柜被洗劫一空，只留下一张扑克牌大小的卡片，署名"GODIVA"，所以大众认定是怪盗歌帝梵下的手。

[①] ROYCE，日本巧克力品牌，创立于一九八三年，直营店设于北海道，以含水率极高的生巧克力闻名。
[②] The Peninsula，半岛酒店，巧克力亦相当有名。

怪盗歌帝梵第一次在这个国家现身，是在我出生那一年。

有一天，"微笑的钻石"从贵族宅第消失，取而代之的是一张扑克牌大小的红色卡片。半年后，一位大富翁珍藏的"悲伤的首饰"从保险柜消失。那是亡国公主曾佩戴的首饰，保险柜中同样留下扑克牌大小的红色卡片。两张卡片都用英文署名，由警方严密保管，甚至没向报社记者公开详情，只在官方说明中揭露卡片上的署名。

"卡片上的文字是G-O-D-I-V-A。"

警方逐一念出字母，结果这串字母就成了隔天晨报的头条标题。卡片上的文字从此成为盗贼的代号，传遍全国大街小巷。

"可恶的盗贼！"

狄恩在木材堆上又叫又跳。

"罗易斯一定会逮到他的。"德鲁卡应道。

我们互望一眼，点点头，确认彼此都对此深信不疑。

每次听到罗易斯的名字，我便会心生崇敬。这个国家的每个孩子都是如此。名为罗易斯的侦探，是我们的英雄。

"真羡慕住在首都的孩子，他们有好多机会见到罗易斯。"我喃喃自语。

罗易斯的事务所设在首都,位于离我们居住的米榭尔①镇非常遥远的西边。即使搭火车,也不晓得要花几小时。我们都是通过报纸和广播,了解首都的新闻及罗易斯的动态的。这些事件的相关报道总令我们兴奋不已。

"要去卡非塔瑟②街吗?"狄恩提议。

下午的课程结束,同学们纷纷收拾书包准备回家。

"当然好!"

我和德鲁卡都赞成,迫不及待地冲出学校。

卡非塔瑟街是贯穿镇中心的一条大街,街上有许多玩具店和糖果店,我们每星期都会找一天放学后去逛逛。

我们看了看玩具店展示的战斗机模型,再走进糖果店。狄恩和德鲁卡用零用钱买糖果。

我盯着架上的巧克力,紧握口袋里的硬币犹豫不决。好久没吃巧克力了,而口袋里刚好有剩下的午餐钱。不过,能拿这些钱买糖果吗?是不是该存起来,不要花掉比较好?再怎么说,家中的经济情况实在窘迫。

---

① Michel Chaudun,法国巧克力专卖店,开设于一九八六年。
② Café-Tasse,法文意为"咖啡店",一九八八年成立的比利时巧克力品牌。

"谢谢惠顾。"

糖果店老板把我递出的硬币扔进收银机。我、狄恩和德鲁卡一踏出店门,便打开了糖果袋。我买的是包装纸上印有猫图案的巧克力。咬上一口,巧克力便在舌头上融化,带着一丝苦涩的甜蜜滋味扩散开,我感到无比幸福。世上怎么会有这么美味的食物?可是,巧克力转眼就全进了肚子。糖果可以含好一阵子,巧克力却往往会瞬间融化。

"要是有能撑得更久的巧克力,我一定会买!"

我边走边说,思索着能不能延长巧克力在嘴巴里停留的时间。我越发天马行空地想象:巧克力做成哪种形状小孩子才会买账?在脑中设计新的糖果商品,是我隐秘的小乐趣。

"喂,你又想发明什么可笑的糖果?"狄恩一副受不了的样子。

"要是想到超棒的点子,我们就能变成大富翁!可以制作新商品,亲手卖出去!"

"有好点子吗?"德鲁卡问。

我摇摇头。

下班回家的人潮,挤得路上热闹滚滚。瞥见认识的面孔，我不禁停下脚步。

"怎么？"狄恩问。

"是我妈妈……"

母亲很快消失在人群中。她怎么会在这里？前往药品工厂的有轨电车没有经过卡非塔瑟街，搭电车通勤的母亲不应该出现在这条路上。我向两人道别，跑过住宅区的石板路。越靠近我们家，提空便当盒、缩着背的工人越多。

"你回来啦。"

我走进玄关时，母亲在脱外套。

"刚才妈妈是不是在卡非塔瑟街？"

母亲一脸讶异。她沉默不语，像是在沉思。

"妈妈真的是搭有轨电车上下班的吗？"

我这么一问，母亲流露出尴尬的神色。

"我觉得省下电车钱比较好。"

我实在不敢置信。看来母亲没搭电车，而是等我离开车站后，徒步去工厂的。

"走路的话不是要两小时？"

"一个半小时就够了，我找到一条捷径。"

"为什么假装搭了电车？"

"只是忘记告诉你了。"

我好后悔买了巧克力,母亲一定是不想让我担心家计。母亲节省车费,走路上下班,我却花钱买糖果。如果我没用掉那枚硬币,明天的午餐钱就有着落了。

我的房间像煞风景的畜舍。一踏进房间,我立刻从橱柜里取出成沓的书籍塞进书包。这些是父母买的、别人送的或捡来的书。

"你要把那些书拿去哪里?"母亲站在房门口问。

"拿去旧书店卖掉。"

"不必那样啊。"

"反正留在身边也没用。"

"书很重要,而且怎么能卖掉爸爸买给你的书?"

从书包里抽出父亲买给我的旧《圣经》,我在床上坐下,盯着封面。母亲也在我旁边坐下,脸颊凑近我。

"没事的,你不需要卖掉任何东西。"

母亲摸着我的头轻轻说。《圣经》的重量压在膝上,皮革封面写着《创世记》,是《旧约》中的一卷。虽然我一次也没读过,但光是抚摩这本书,内心就会变得虔诚。

"我会陪着你,直到你长大。"母亲继续道。

《圣经》从我膝上滑落。

"妈妈去做晚餐,你好好念书。"

接着,母亲便离开房间。

倘若我是大人,就能出去工作,不会成为母亲的负担……

我捡起《圣经》,里面却掉出一张折叠的纸。

皮革封面原本就已绽裂,这下侧边终于完全裂开,大概是撞击到地面的缘故。折叠的纸似乎藏在封面里。

我摊开纸张。那张纸又薄又坚韧,相比书页,看起来年代更新。纸上遍布虫蛀的破洞,像是一份地图。

地图上有一处画着圈,是一个圆框围住男子侧面般的记号。那饱满的额头和环绕的花纹似曾相识,但我想不起在哪里看过。

地图背面是手绘的一座风车磨坊,图案角落写着一行文字:

　　神说"要有光",就有了光。

这似乎出自《圣经》的某一节。

怪盗与财宝

"欸,你有没有这样想象过?你一时贪玩闯进废墟,四处游荡,偶然发现一道上锁的门,好奇地窥探锁孔,看见屋里摆着巨大的钻石和首饰。没错,那里居然是怪盗歌帝梵的秘密基地!"

走在后方的狄恩开口。今天是假日,他一整天都无所事事。我重新抱好装面包的纸袋,确认便条上的地址。我正在配送面包。

"拿铁丝撬开门锁潜入屋内,趁怪盗歌帝梵不在,抢回失窃的宝物,然后逃走。当然,我不会将宝物占为己有。我会联络罗易斯侦探事务所,说我找到了怪盗歌帝梵的秘密基地。"

狄恩边走边兴奋地做出打拳击的动作。

"这种情况领得到奖金吗?"我问。

"当然，毕竟是找回失窃的宝物。"

"那就太好了，可以减轻家里的负担。"

"不仅能获得奖金，搞不好罗易斯还会雇我当助手！"

成为罗易斯的助手，是每个孩子的梦想。如果真的能够当上罗易斯的助手，我会不惜一切代价。可是，我现在能做的工作，只有配送面包而已。

送完面包，我向狄恩道别。他要去广场和朋友踢足球，我独自回到德鲁卡家。德鲁卡家位于商店街边缘，门口挂着面包店的招牌。德鲁卡叔叔确认过顾客的签收单后，会给我几枚硬币当报酬。虽然不多，却是我辛苦劳动得来的特别的钱币。

"你妈妈知道你在打工吗？"

德鲁卡叔叔问道。我摇摇头。

找到地图的隔天，我便走访了许多店铺，寻找工作的机会。不管是洗盘子或是挖洞，任何工作我都愿意做，可是没有一个地方肯雇用我。原因是我体内那一半的血统——我告诉自己，这样想太多疑。最后，多亏死党德鲁卡拜托他父亲，让我去他们家的面包店帮忙。

结束面包的配送，德鲁卡叔叔吩咐我看店。我拿旧报纸裹好客人买的面包，或装进纸袋，这时德鲁卡也过来帮忙。他十分熟悉收银台的操作，替我减轻了不少负担。

"欸，你瞧瞧。"

中午过后，趁店里的人潮暂时消退，德鲁卡对我说道。收银台旁摆着一个箱子，用来放裹面包的旧报纸。德鲁卡指着最上面的旧报纸——

《名侦探罗易斯解说案情》

报纸上大大地印着这个标题。确定店里没有客人后，我细细阅读起内容。这是昨天的报纸。

"你还记得百货公司的事件吗？就是怪盗歌帝梵偷走保险柜现金的案子。罗易斯也加入搜查，没想到案情急转直下。"

德鲁卡有些激动地说明。报道写着，名侦探罗易斯否定这起案件与怪盗歌帝梵有关。换句话说，嫌犯另有其人，那个人企图栽赃给怪盗歌帝梵，因此故意留下署名"GODIVA"的卡片。

"当天罗易斯就揪出了真正的窃贼，真是太神速了！窃贼是百货公司的员工！"德鲁卡继续道。

我接着读下去。

名侦探罗易斯英姿飒爽地出现在发生失窃案的半岛百货公司。记者将名侦探团团包围，询问失窃案的来龙去脉。罗易斯如此陈述：

> 窃贼似乎是利用了梯子等工具，从窗户潜入二楼的。于是，我针对窃贼如何放置梯子进行了调查。
>
> 首先碰到的问题是，案发当晚，窃贼放置梯子的窗户底下，停着百货公司的大卡车。按照规定，卡车一向停放在那里。果真如此，应该没办法使用梯子上楼。
>
> 因此，我心想：难道窃贼根本没使用梯子？
>
> 仔细一看，卡车的车顶很高，只要站上去，便可以够到窗户。
>
> 但经过调查，车顶并无疑似窃贼的脚印。因为一名员工在案发的隔天早上清洗了卡车。
>
> 奇妙的是，那名员工前天也曾清洗同一辆卡车。明明刚洗过，为什么要再洗一次？这一点实

在匪夷所思。盘问之下，我们发现，除非店长交代，那名员工平常根本不会主动洗车。难道他是想洗掉车顶的脚印？我带着怀疑盘问他，最后他坦承犯案。

罗易斯语毕，几名记者不禁感叹。这么犀利的推理，怎么能不赞叹！

此外，罗易斯更向记者宣布：

不久的将来，我会逮到十恶不赦的歌帝梵。向各位保证，我和警方只差一步就能将他逮捕归案。

为慕名而来的孩童签完名，罗易斯便离开现场。

我在杂志上看过侦探罗易斯的照片，他拿着标志性的放大镜，在犯罪现场寻找蛛丝马迹。他的手脚修长，盯着放大镜的侧脸十分严肃。我们的英雄是一名相当年轻的青年。那本杂志是邻居大哥哥的，我请求他给我刊登罗易斯照片的内页，不过他拒绝了。

五年前，罗易斯来到这个国家。原本他似乎在国外的大学一边念书,一边做些类似侦探的事情。每当有案件发生,他就会依据报道整理出自己的想法,写信给警方。由于来历不明的大学生的信件指点,警方得以侦破束手无策的困难案件。大学毕业后,罗易斯移居我们的国家。他提着一只皮箱越过国境的那一年,是怪盗歌帝梵现身的第七年。

"喂,在摸什么鱼!"

听到呵斥声,我一阵慌乱。回头一看,马克里尼[①]笑着出现在店里。我沉迷于看报,没发现他进来。

"那条围裙很适合你。"马克里尼称赞道。

我系着白色围裙工作。

"马克里尼,别吓人嘛。你今天休假?"

"我在享受假日。原来你在面包店工作啊。"

"随便买点东西吧。"

"你真尽责。"

他挑选着货架上的面包。

"你认识他?"

德鲁卡悄声问我。

---

① Pierre Marcolini,比利时高级巧克力品牌。

"他住在我家附近，常借我书和杂志。"

马克里尼比我大将近十岁，我把他当成哥哥一样信赖。

他指着展示柜里的面包说"给我这个"。

我正用旧报纸包装面包，马克里尼突然冒出一句："咦，那不是我们报社的报纸吗？罗易斯的报道全是我写的。"

"真的吗？"

德鲁卡露出渴望听到更进一步内幕的眼神。

"马克里尼是记者。"我向德鲁卡解释。

"我还是实习生啦！"

马克里尼整理衣领，挺起胸膛。

我、德鲁卡和马克里尼，就罗易斯与歌帝梵的对决讨论了一会儿。全国人民都在关注侦探罗易斯何时能够逮捕怪盗歌帝梵，大人们甚至在酒家以此打赌取乐。马克里尼在报社任职，对失窃案了如指掌。罗易斯发明的侵入者探测机及保全公司的防盗系统，虽然是划时代的科技，但怪盗歌帝梵丝毫不将其放在眼里，不断成功作案，十分强大。

"歌帝梵犯下二十起盗窃案，每次偷盗的都是国宝级的宝物。但他不可能永远逍遥法外，罗易斯一定会设法逮到他。"

这时，店门打开，有客人走进来了。

"告诉我后续嘛。"我央求马克里尼。

"我会待在家里，欢迎随时来找我。"

我递出面包，马克里尼把硬币放在柜台。

圆形硬币的正面，刻着在历史课上讲的伟人的侧脸。

看着那张脸，我灵光一闪。

拜拜——马克里尼挥挥手道别。

我注视着柜台上的硬币。

"怎么啦？"德鲁卡问道。我想起藏在皮革封面底下的地图，我把地图夹在《圣经》里保管着。由于没标注地名，我不晓得是哪里的地图。上头绘有十分眼熟的图案，是一个圆框住侧脸的记号。

直到刚刚，我才想起那是什么记号。

侦探与信函

傍晚,我从面包店赶回住宅区。马克里尼和我们住同一栋公寓。我按下门铃,他的母亲便为我开门,招呼道:"林兹,好久不见啊,欢迎光临。"我行了一礼,便前往马克里尼的房间。

"欸,你有没有怪盗歌帝梵的相关资料?"

马克里尼躺在床上看书。

"过去二十起盗窃案的档案,全放在桌子那边。"

他的桌上堆满了文件和书籍。

"我想看看一年前的'英雄的金币'失窃案。"

"是第十九号案件吧?"

"第十九号?"

"就是第十九起失窃案的意思。留在现场的红色卡片上也写着'No.19'的编号。"

我翻找文件，发现一本笔记。那是搜集各种报道的剪贴簿，其中包括"英雄的金币"一案。上头贴着的，是以前我和父亲一起散步时看过的旧报纸上的报道。

那篇报道附有失窃的金币插图。金币表面刻着神话里的英雄侧脸，我回想着地图上的记号，在脑海中进行比较。饱满的额头、深邃的五官，两者如出一辙。失窃的金币图案，居然出现在来历不明的地图上，实在诡异。

"这篇报道哪里不对劲吗？"马克里尼走到我身边问。

"最近我看到过和这个图案很像的记号……"

"在什么地方看到的？"

我思索片刻，耸耸肩。

"大概是我想太多了……"

没错，只是两个图案碰巧相似而已。

假如不是巧合，地图上的记号真的代表"英雄的金币"，那么画下那张地图的究竟是谁？

马克里尼望向我翻开的剪贴簿。

"林兹，进入报社工作后，我有不少体悟，信息操控就是其中之一。其实，许多事情报纸没写出来。之前不是有一起伪装成怪盗歌帝梵犯下的盗窃案吗？为了防止类似的模仿栽赃，警方会隐瞒重要情报，不让记者公开，卡片就是一例。先前的失窃案，由于留在金库里的卡片与怪盗真正留下的卡片似乎有明显差异，警方立刻就察觉到不是怪盗歌帝梵所为。"

虽然对热心说明的马克里尼十分抱歉，但我的思绪已飘远。要是前往地图上的地点，会发现什么？那个记号是不是代表"英雄的金币"？万一真的是……那个地方藏着什么秘密？

"真正的卡片由警方保管，我们无法亲眼见到。可是，前辈偷偷告诉我，真正的卡片上不仅有'GODIVA'的署名，还画着特别的图案。"

不，一定是我想太多了。那张纸上没有歌帝梵的署名，除了正面的地图，背面只有手绘的风车磨坊和一行文字，根本看不出所以然。

"喂，你有没有在听？"

马克里尼一副受不了我的样子，我借机告辞：

"差不多快到晚餐时间了，我该回家了。"

"时间不是还早？你难得过来，听完再走吧。提到歌帝梵留下的卡片，这件事只有警方和记者知道。真正的卡片，背面画着风车磨坊。"

我不禁怀疑自己听错了。

"咦，你说什么？"

"风车磨坊。之前的百货公司失窃案，现场留下的卡片没有风车磨坊的图案，所以警方一眼看出是冒牌货。你是第一次听说吧？那算是怪盗的标志。咦，你怎么啦？好像吓得连话都说不出来了。"

回家之前，我独自前往市场。位处城镇中心的市场，聚集着买卖物品的人群。成排的摊贩中，有一家店摆出巨大的煮锅，蒸汽如烟雾弥漫。约莫七个月前，我和父亲在市场买了胡椒粉和《圣经》。藏着地图的《圣经》与杂货堆在一起被贩卖。我到处游荡，寻找当时的摊贩，期待老板能告诉我这本《圣经》前任主人的事情。

"这本《圣经》真的很不错。它可不是一般的《圣经》，而是大有来头。"

据摊贩老板说，《圣经》的主人冲进失火的教堂拯救孩童。会是那个人画好地图，藏在皮革封面底下吗？我东绕西绕，就是找不到当时的小贩，或许他去了其他城镇摆摊吧。我询问其他商店的老板,知不知道直接在地上摆摊,贩卖胡椒粉和《圣经》的小贩,但没人知道,也打听不出他到底搬去了哪里。

"移民的臭小子,滚一边去!"

我问着问着,不时引来唾骂,只好离开市场。我不晓得如何搜集这本《圣经》前任主人的消息,他住在哪座城镇,又叫什么名字。他就这样留下藏有地图的《圣经》后消失无踪。

马克里尼说,怪盗歌帝梵留下的卡片绘有风车磨坊,而我发现的地图上恰巧也有风车磨坊的图案。所以我确信,画地图的肯定就是怪盗歌帝梵。

不必去药品工厂上班的周末夜晚,母亲会到附近的酒馆当服务员。从市场回家后,我在无人的家中点亮蜡烛。为了省电,我们用蜡烛为室内照明。母亲白天似乎洗过衣服,饭厅拉上绳索,晾着衣物。我裹上毯子,以烛光照亮地图。

我将地图摊开,一看,它和《圣经》一样大。由于地图是被折叠起来的,左右都有折痕。纸面遍布许多小洞,应该是虫蛀的吧。综观这张地图,像是某城镇的一区，但没标镇名，不清楚究竟是何处，甚至也没有东西南北的记号。这不是印刷品，而是有人用笔和墨水特别手绘的，全世界独一无二的地图。

一条路横贯这座城镇，河川从左上往右下以弧状延伸。地图上方是森林，河的上游有座吊桥，而紧邻吊桥之上的就是那个神秘记号——以圆形框住男性侧脸的图案。如果没有这个记号，它只是一张普通的地形图。除此以外没有任何可疑的符号。标记的地点会有什么？我兀自想象起来。穿透岩壁的隧道，能下到地底的梯子，尽头处房间的架子上，陈列着"英雄的金币"，以及"白银的长靴""慈爱的圣杯""恶作剧的王冠"等赃物。没错，那里就是怪盗的秘密基地。

我停止做白日梦，翻过地图。背面画着风车磨坊，像小说插图一样，由线条勾勒而成。风车的主体是用石砖砌成的圆筒状，十字叶片有一根停在顶端再过去一些的地方，角落写着"神说'要有光'，就有了光"。马克里尼说，怪盗歌帝梵留下的卡片，一定画有风车磨坊，只有警方和记者知道这个秘密。我抬起头，凝视烛火。从失火的教堂救出孩童的，会不会是怪盗？可是，大坏蛋怪盗歌帝梵会救人吗？为什么他要把藏有地图的《圣经》交给神父?搞不好一切都是小贩捏造的故事。火焰随透进细缝的风舞动,仿佛想引诱我到某处。

"怪盗歌帝梵是怎样的人呢?"

回到家的母亲准备着晚饭,我问道。

"怪盗?嗯,我希望他长得很帅。"

母亲搅拌锅中的炖汤。

"如果发现能够找到怪盗歌帝梵的线索,妈妈会怎么做?"

"大概不会告诉任何人吧。"

"为什么?怪盗的秘密基地或许藏着被偷走的宝物,还可能查出他的真面目。"

"我不想卷入麻烦。"

不管是侦探或怪盗,母亲通通不感兴趣。每当我大谈特谈罗易斯,母亲便会皱起眉。大人们都为侦探与怪盗的对决而疯狂,唯独母亲兴致缺缺。在母亲眼中,侦探和怪盗就像梦一样遥远吧。毕竟母亲总在烦恼该怎么弄到今天和明天的食物,这也是没办法的事。

炖汤不断冒出温暖的蒸汽。母亲手艺很好,即使为了节省家计,汤料变少,美味依然不减。吃过饭,母亲拆开邮件读起信。信封上写着祖父的名字。

我的外祖父母皆已过世，寄信来的是祖父。祖父独自住在从这里搭火车要两个钟头的边境城镇。那里位于国土东隅，搭火车横贯全镇得花三天。

我只见过祖父一次。父亲的葬礼上，一名老人踏进教堂，站在棺材前方。那个瘦得像根铁丝、面无表情的老人走近母亲，与她交谈，笨拙地安慰哭泣的她。然后，母亲向我介绍老人。由于父亲和祖父闹掰，我们和祖父一直没有来往。最后两人来不及和好，父亲就先去世了。

"难得爷爷会寄信给我们，写了些什么内容？"

"如果我们搬去那里，他能提供援助。"

"哪里？"

"爷爷住的地方，也就是你爸爸出生的故乡。要去爷爷家，得在利奥尼达斯①站下车。晚点我告诉你电话，碰到困难的时候，你可以联络爷爷。"母亲托着脸颊，凝望空椅子。那是父亲的座位。我和母亲注视椅子好一会儿。夜色渐深，我们躺在床上。家里只有一条薄毯

---

① Leonidas，比利时巧克力品牌。创始人利奥尼达斯曾在美国学习西点，一九一〇年成为希腊代表团一员，至比利时参加世界博览会，拿到个人金牌。

子，所以很冷，但我总是勉强能睡着。

隔天在学校，我魂不守舍地想着地图，完全无法专心听课。跟狄恩和德鲁卡聊天也心不在焉，一放学就立刻向两人道别。我在家中饭厅摊开地图，思考今后该怎么办。门外突然传来声响，大概是隔壁的摩洛索夫先生旅行回来了。于是我走到门口探看。

一个陌生的叔叔在敲摩洛索夫先生家的大门。我告诉他："摩洛索夫先生外出旅行了。"他应该是摩洛索夫先生的朋友吧，恐怕是忽然失去联络，担心得亲自来访。"没事就好……"他低喃着离开。我站在玄关，望向摩洛索夫先生家门口。摩洛索夫先生是父亲最亲密的朋友，个子和我一样矮，手脚也很小。父亲不在家的时候，几乎都是到他家玩游戏或喝酒。

"遇到什么困难就告诉我，我们相当于一家人。"父亲葬礼那天，摩洛索夫先生哭着对母亲说。如果向他开口，他应该会借生活费给我们，但母亲没这么做。摩洛索夫家的大门上又塞着报纸。我抽出报纸，返回屋里。

《悬赏怪盗下落的线索！》

刚要把报纸丢进橱柜的盒子,我便瞄到报道的标题,内容大意是:前些日子,遭怪盗歌帝梵盗窃财宝的被害者齐聚一堂,与侦探罗易斯商议,决定给提供线索的人奖金。若能循线索逮捕怪盗,或许可以顺利取回财宝,所以他们不惜重金悬赏。

"要是握有怪盗歌帝梵相关线索,请立刻写信到侦探罗易斯的事务所。读过您的来信,能干的秘书会呈报给罗易斯。"

报道末尾附上侦探事务所的地址。

我不假思索地从书桌抽屉里取出硬币,前往附近的文具店。买完信封、信纸和邮票,送面包赚来的钱就所剩无几了。我写了很久的信,提到父亲送给我的《圣经》,以及藏在皮革封面里的地图。

假如拿到奖金,我和母亲的生活就能宽裕一些了吧。

而且,说不定能见到那个人……

秘书登场

星期日，狄恩、德鲁卡和我送面包的途中，撞见杜巴耶①推开一位老人。那位老人是三天前就在学校附近徘徊的乞丐。他衣衫褴褛，坐在路边，身旁摆着空罐让好心人投钱。他手中的木板写着：

我在战争中失去妻儿，脚也坏了，没办法工作。

杜巴耶踹了老人的屁股一脚，老人一阵踉跄。
"看到就讨厌，滚去别的地方啦！"
听见杜巴耶的叫骂，我们躲到一旁观察情况。
"太过分了！"狄恩相当气愤。

---

① Debailleul，比利时高级巧克力品牌。

"那家伙总是这样，趁老师不在乱踢人。"德鲁卡一脸不甘心。

杜巴耶是我们学校的学生，大我们一年级。他踢开老人的空罐，钱币散落在石板路上。老人惊慌失措地捡拾。

"喂，我们去救老爷爷！"狄恩很有正义感。

"可是，没人打得过杜巴耶……"

德鲁卡个性温和，不喜欢与人起争执。

"林兹，这实在让人看不下去，对吧？"

狄恩望着我。我有些犹豫，不知该如何答复。回想杜巴耶的可怕传闻，要是惹到他，不晓得会被整得多惨。可是，我又不愿意在狄恩和德鲁卡面前表现出懦弱的样子。

"我们得去救他！"我发出宣言。

我把抄着送货地址的便条塞进口袋，又把面包交给德鲁卡，和狄恩一起拿手帕蒙住脸的下半部分。我们捡了许多地上的小石头，跃出建筑物后方。

"杜巴耶！"

狄恩大喊，杜巴耶一转头，我们立刻扔出小石头。他举起胳臂，挡住脸。

"坏蛋!"

杜巴耶怒骂道,而我们早就拔腿逃跑了。

杜巴耶在后面追赶,于是我和狄恩在转角兵分两路。杜巴耶选择我为目标,万一他追上我,我就死定了。若只是脸受伤还算幸运,我知道有一名女孩被他欺负到整整一个月都不敢踏出家门。我拼命奔向大马路,冲进商店街。那里有我认识的贝果小贩,我钻进他的摊子底下。杜巴耶一边向四周张望,一边走过去。我松了口气,差点儿吓昏。

"林兹,今天是怎么啦?"

卖贝果的叔叔探头看向摊子底下,发现我趴在地上。

"我在找掉的钱。"

我爬出摊子,没瞧见杜巴耶的身影。

狄恩和德鲁卡在两个街区外的巷子等我。

"老爷爷呢?"

我问德鲁卡,接过寄放在他怀里的面包。趁杜巴耶追赶我和狄恩时,德鲁卡应该已经牵着老人远离现场了。

"我带他去了杜巴耶不会去的地方。"德鲁卡骄傲地回答。

我兴奋了好一阵子。光靠我绝对办不到这种事，但跟两个死党联手，我便无所不能。充满正义感的狄恩和心地善良的德鲁卡，是我无可取代的挚友。

"咦，便条不见了。"

我停下脚步，摸索着口袋，没找到抄写送货地址的便条。

"会不会掉在哪里了？"德鲁卡推测。

"没有便条也不要紧。"狄恩安慰道。

没错，我们都知道要送到哪家餐厅。我没继续烦恼，重新迈开步伐。途中，我们聊起重金悬赏怪盗线索的事。

"侦探事务所似乎收到一堆谎话连篇的信。"

狄恩说，很多小孩子明明什么都不知道，却写信表示"我知道怪盗在哪里"，以为这样罗易斯就会找他们去问话。

"那种信只会妨碍调查。"德鲁卡难得严厉，"我不能原谅那种人，大家都一样想见罗易斯啊！"

"不过，他们怎么判断线索的真假？"

我提出疑问，想起公寓空荡荡的信箱。这个星期以来，我一放学回家就立刻检查信箱。信寄出超过一周，却没收到罗易斯的回复，或许是混在那些骗人的信中一起被丢掉了。我还没告诉狄恩和德鲁卡，打算先确定地图的真伪，再与他们分享。

抵达车站前的餐厅，我送出面包，拿到签收证明。终于全部送完了，我们正准备回德鲁卡家的面包店，却在车站前被喊住。

"你不是德梅尔①的儿子吗？"原来是站务员叔叔。德梅尔是我父亲的名字。

"你认识我父亲？"

"工作时我们常互相打招呼。你父亲总是用大手帕包住脸的下半部分，以免吸进灰尘。"

"用手帕包住脸？跟我们一样。"狄恩笑道。

我们在车站出入口交谈，一个提着旅行袋的年轻人入站前，把烟蒂在台阶上踩灭。

"德梅尔总是默默地认真工作。他只在早上和傍晚向我打招呼，其余时间都拿着扫帚和簸箕，在车站里来来去去。"站务员捡起台阶上的烟蒂，塞进附近的烟灰缸，烟灰缸早已积满，"接替德梅尔的清洁员整天'摸

---

① Demel，奥地利的咖啡西点店，是维也纳的观光胜地。

鱼'，烟灰缸许久才肯清理一次。你父亲在的时候，车站里看不到半点垃圾。"

我忆起父亲的往事。假如发现石板路上有垃圾，父亲习惯先捡起来细看，再丢进垃圾桶。父亲像个考古学家，捡起垃圾后，会想象丢弃的人是什么个性、过着怎样的生活，接着告诉我：

"林兹，瞧瞧，丢掉这本杂志的人，似乎正为情所苦。喏，他只剪下了恋爱咨询的那一页。

"丢掉这个空罐的人，或许赌马赔了很多钱。看，这显然是被狠狠捏扁的形状，真同情他。"

此时，列车沿轨道驶进站台。

"哎呀，我得走了。"

站务员叔叔挥挥手，走向检票口。我们所在的位置看得到站台，抵达的是从首都出发的蒸汽火车。车门打开，零星的乘客走下站台。

"是住在首都的人吗？"德鲁卡望着那些乘客低喃，"好漂亮的衣服。"来自首都的人大都穿着没有皱褶的笔挺西装或色彩鲜艳的裙子。对我们而言，漂亮衣服十分陌生。他们东张西望着，经过站台。瞥见城镇远方的工厂烟囱吐出大量黑烟，他们皱起眉。

我回到面包店,领取送货的酬劳。虽然不够支撑我和母亲的生活,却是宝贵的收入。离开面包店后,我向狄恩与德鲁卡道别。

走在公寓林立的路上,朝家里前进,忽然有人从背后抓住我,转眼就箍紧我。我试图抵抗,但胳臂和手腕都被牢牢固定,动弹不得。

对方把我拖进建筑物之间的窄巷。

"没发现我从面包店一路跟踪你吗?"

杜巴耶站在窄巷中,他的三个同伙架住我。加上杜巴耶,一共四个人包围着我,不屑地睨视我。他们是学校里恶名昭彰的坏家伙,我没直接和他们讲过话,只敢远远看着他们干坏事。

"这是你的吧?掉在地上喽。"

杜巴耶把一张白纸递到我的面前。

"给林兹:请把面包送到以下地址。"

那是写着餐厅地址的便条。

"我们打电话到镇上每一家面包店,问有没有一个叫林兹的在店里工作。"抓住我右臂的高个子,在我耳畔低语。他将我勒得很紧,我的骨头咯吱作响,我痛得几乎发出呻吟。

"我知道这家伙,他是低年级的,碍眼的移民小子。"

抓住我左臂的胖男孩往我鼻头吹气,简直比笼罩全镇的黑烟还臭,我呛得直咳嗽。

"安静点,混账移民!"

勒住我腰部的矮个子男孩,拿手帕塞进我的嘴巴。

我没办法再开口。

"我们换个地方,带他过来。"

杜巴耶往里面走去。巷子里弥漫着一股腐烂的臭味,大概是没人清扫,掉落的厨余馊掉了吧。穿过巷子,出现一处小广场,整片墙上都是涂鸦,附近居民绝不会靠近。杜巴耶扯住我的头发。

"肮脏的移民后代。"

他一巴掌挥向我的右脸,架住我的三人齐声大笑。我不甘心地挣扎,却无法摆脱他们的束缚。杜巴耶凑近我的鼻头,我害怕得不敢与他对望。帮助老人的勇气,不知不觉已萎靡,消失无踪。在他们的睥睨下,我变成胆小如鼠的孩子。

"我跟你不一样,继承了高贵的血统。现在要将你处刑,是出于慈悲啊。反正往后你肯定找不到像样的工作,只能悲惨地死去。你这种人活在世上也没用,对吧?"

杜巴耶流露出怜悯的目光，与教堂的神像几乎一模一样。你一辈子都得在地上打滚，这是你的命运。他祈祷般低喃。真可怜，你们移民永远只能在这块土地上徘徊。我左脸挨打的声响，反弹在满布涂鸦的墙壁上。我拼命挣扎，想重获自由，却徒劳无功。

"你们……"

此时，一道畏缩的话声响起。杜巴耶、他的同伙和我回过头，原来是一个穿西装的胖叔叔。他的鼻下有一撮胡子，眼睛小得像两颗黑点。

"大叔，你要干吗？别碍事。"

杜巴耶一瞪，胖叔叔害怕地说：

"以多欺少是不对的……"

他从口袋里掏出手帕，擦掉额头的汗。

杜巴耶和同伙默默对望，点点头，大喊"干掉他！"便冲向中年大叔。就在他们要包围住中年大叔时，建筑物之间响起哨声，有人从巷口跑过来。

"是警察！"

杜巴耶的同伙嚷嚷。巷子另一头，警察吹着哨子冲了进来。

"快逃！"杜巴耶大喊，瞪我一眼，撂下一句"你给我等着",逃往巷子深处。三个同伙跟着开溜,只剩我和中年大叔留在原地。

"我叫布朗尼。看到你被抓住,觉得情况不妙。"

离开窄巷后,胖叔叔深呼吸。他皮球般的身体长着短短的手脚,浑圆的脸上有一小撮胡子和两颗浑圆可爱的眼睛,光亮的双颊像刚出生的婴儿般滑嫩,长相非常讨人喜欢。

"那些警察是布朗尼叔叔找来的吗?"

"没错。不过,那群孩子实在太可怕了。"

"他们脑袋有问题。"

布朗尼摸摸鼻下的小胡子。

"真是的,居然和那种家伙结下梁子。下次要救人,你得更小心啊。"

我望着布朗尼,怎么会提到救人?他闭起一只浑圆可爱的眼睛,朝我眨一眨。

"你向那孩子丢石头,是要救老爷爷吧?我都明白。走吧,老爷爷想和你道谢,是他派我来的。"

布朗尼冲我招招手,迈开脚步。

镇中心的特欧布罗马①街上，有一家纽豪斯②旅馆，是战争前就存在的古老建筑物。墙面遍布无数凹洞，不知是不是弹痕，显得十分破旧。正面玄关镶嵌着模仿人脸的可怕雕塑作为装饰。布朗尼确定四下无人，迅速走进旅馆。只见柜台前的老员工在打瞌睡。

"乞丐老人居然会住旅馆，很意外吗？"

布朗尼晃着浑圆的肚子笑道。我们搭电梯到五楼，穿过走廊。布朗尼在502号房间前停下，敲敲门。咔嚓，传来开锁声。

"先生，我带他过来了。"

布朗尼开门进屋，也招手请我进去。室内只有床铺、桌椅和花瓶，床边放着旅行用的大行李箱。

老人站在房里，由于弯腰驼背，给人一种穷酸的印象。头发和胡子蓬乱，衣服的手肘和膝盖处磨损，确实是三天前坐在学校路旁的老人。仔细一看，角落里还摆着用来乞讨的木板和装钱币的空罐。

"这里坐。"

---

① Theobroma，日本巧克力品牌，于一九九九年创立。
② Neuhaus，比利时巧克力品牌，始于一八五七年，最早是贩卖药品与点心的店。

他指着椅子哑声道。他的手微微颤抖，明显是老人的手。待我坐下，老人来到我面前。守在角落的布朗尼瞪大眼，仿佛在观赏一出有趣的戏。

"如果你们没伸出援手，我恐怕会伤痕累累。"老人说。

"杜巴耶会欺负每一个人。"

"我没道谢就离开，真是抱歉。可是，我想和你私下谈谈。假如其他孩子也在，事情或许会传开，让我的秘密身份曝光。那么，记者很快会收到消息，挤进这个小镇。在那之前，我希望你不要告诉任何人。"

不知不觉，老人沙哑的声音变成年轻男人的嗓音，是令人难忘的深邃嗓音。他挺直了腰杆，英姿焕发，身材比我和布朗尼高大许多。接着，他一手扯下头发和胡子，原来头发和胡子都是假的。他深蓝色的眼珠，让我联想到深海。我认得这张脸，马克里尼的杂志上有他的照片。我总是满脑子想着他的事，不可能认错。他从破烂的衣服口袋里取出扑克牌大小的红色卡片。

"我向警方借来他们保管的卡片。"

我接过卡片，仔细查看。正面署名"GODIVA"，编号"No.21"。

咦？我觉得有点奇怪，却不明白哪里不对劲。

"这是'白银的长靴'遭窃时现场留下的卡片。"

目前厘清的范围中，"白银的长靴"是怪盗歌帝梵最后的盗窃案。可是，依据官方说明，"白银的长靴"是怪盗歌帝梵犯下的第二十起案子。那么，卡片上应该写着"No.20"才对，犯罪次数与编号对不上。不过，这个疑问微不足道。我兴奋不已，根本无暇理会细节。

"瞧瞧卡片背面。"他提醒我。

背面画着小小的风车磨坊。

"跟地图上的图案一模一样。罗易斯，没错！"

我仰望眼前的人。

名侦探罗易斯，这就是我和他的初次邂逅。

第二章

美术生与面包

"我想了解你是怎样的孩子。"

"所以你才会坐在学校前的路旁啊!"

等有轨电车通过,我们穿越马路。鳞次栉比的公寓之间,露出即将染上暮色的天空。平常,这正是工人拖着长长的影子踏上归途的时候。

罗易斯边走边把玩刘海,蓬乱的头发长到遮住眼睛。那不是真发。出门前,他从行李箱里取出不同于老人的另一顶假发戴上。如果不变装,就无法在镇上随意行动,毕竟他的长相家喻户晓。外套和长裤到处沾染颜料,据说是立志成为画家的穷学生造型。

"罗易斯先生,我家没有什么能招待你的。"

罗易斯竖起手指,抵着嘴唇:

"嘘,不能喊出那个名字,小心隔墙有耳。我现在是美术生冈佳乐夫①,擅长水彩画。"

"冈佳乐夫先生,布朗尼先生不过来吗?"

"他还有别的工作。"

布朗尼是罗易斯侦探事务所的秘书。他们似乎总是一起行动。罗易斯的身材像瘦高的竹竿,布朗尼则像浑圆的皮球。

"我还是不敢相信,居然能跟你一起走在路上。"

"人生充满惊奇。"

罗易斯从首都搭乘火车,千里迢迢来到边境的小镇,实在令人难以置信。除了工厂和市场,这个米榭尔镇几乎一无所有,举目所见只有穷人的叹息,以及翻找残羹剩饭的野猫。谁会想到侦探罗易斯竟然走在这座镇上?

抵达公寓,我打开家门。母亲不在,大概是去酒馆当服务员了。饭厅拉上一条绳子,晾着我的衬衫和母亲的内衣裤等。罗易斯见状,惊讶地说:

"这激发了我的创作灵感。"

"冈佳乐夫先生,我的房间在这边。"

---

① Goncharoff,日本西点品牌。始于一九二三年,宫廷甜点师俄国人冈佳乐夫在日本神户开设西点店。

我从橱柜深处取出父亲买的老旧皮革封面的《圣经》，抽出夹在里面的地图，递给罗易斯。

"这就是信上提到的……"

罗易斯小心翼翼地摊开地图，眼神转而锐利，指着图上的记号道："没错，是金币上雕刻的图案。"然后，他翻过地图，研究风车磨坊的图案。我待在一旁，期待他掏出放大镜。这件事非常有名，据说罗易斯进行调查时，习惯使用放大镜。可是，他一直没掏出来。

担心打扰罗易斯，我离开房间，到厨房烧水准备泡茶。这时，母亲踏进家门。

"有客人吗？"

母亲脱下外套，疑惑地歪头询问。她看到我拿出给客人用的茶杯。

"嗯，有人来了。"

"谁？"

我不晓得该怎么解释，正苦恼时，罗易斯突然出现在房门口，搔着头寒暄："啊，你好，午安。"

母亲吓得肩膀一颤。我向母亲介绍：

"这是冈佳乐夫先生，他是个美术生。"

"你好，我主修油画。"罗易斯接过话。

"冈佳乐夫先生,你刚刚不是说擅长水彩画吗?"

"那是以前的事。"他摆摆手。我一走近,他便用只有我听得到的音量赞叹:"你母亲好美。"

"抱歉,我不晓得会有客人来访。"

母亲红着脸,收起晾在饭厅的衬衫和内衣裤。即使没变装,也不会有人料想到,侦探罗易斯竟会上门造访吧。

"他是我的朋友。"

"我有时候会教他画画。"

美术生搂着我,我也环住他的腰。母亲抱着衣物,轮流望向我和罗易斯。

母亲煮的炖汤依旧没放多少料,我担心不合罗易斯的胃口,但他喝了一口,随即双眸发亮地称赞:"真好喝!"母亲露出开心的表情。

"冈佳乐夫先生平常吃些什么?"

"几乎不吃什么。美术生很穷,就算为人画像赚钱,最后也全拿去买画材了。像早餐,我只有生日那天才会吃。"

罗易斯喝完炖汤,满足地叹气。

"大家都一样穷啊。"

我们闲聊了约三十分钟。母亲询问美术生的生活,罗易斯恭敬地回答。此外,他也谈到绘画的技巧与诀窍以及何谓杰出的艺术,演得毫无破绽。

不久后,他问起我的父亲。我说明父亲罹患肺病,已在半年前过世。父亲的照片一向放在餐具柜上,今天却没看见,约莫是掉下来被东西遮住了吧。罗易斯就坐在父亲的位置上。

一会儿后,罗易斯起身说道:"谢谢招待,让我度过一段美好的时光。"

我和母亲送他到门口。

"有空再来。啊,对了,请稍等。"

母亲折回屋内。确定四下只剩我们,罗易斯开口:

"风车磨坊的图案,与留在失窃案现场的卡片图案一模一样……"

"那么,那张地图是歌帝梵画的?"

"有可能……林兹,我想请首都的科学家帮忙调查那张地图,但不能引起你母亲的怀疑,所以下次再谈吧。我有许多问题想问你,比如你是怎么得到那张地图的。"

母亲拿着一个纸包走出来。

"冈佳乐夫先生,要是你不嫌弃……"母亲把纸包递给他。

"这是……?"

"面包,早餐是很重要的。"

罗易斯讶异地望着母亲。从居住的环境,他应该看得出我家非常穷。明明就快没存粮了,还送别人面包,母亲到底在想什么?而且这个美术生的真实身份是侦探罗易斯,比我们有钱几百倍。

"可是阿姨,我……"

罗易斯在母亲面前垂下头,嗫嚅道。

"别客气,冈佳乐夫先生。希望你能画出很棒的作品。"

"……你真是好人。"

罗易斯向我和母亲挥手,走下楼梯。

隔天早上,我一脸疲倦。由于见到罗易斯,我兴奋得睡不着。我一路打着哈欠去上学。进教室坐下后,看着同学玩耍,我不禁暗想,要是说出见到罗易斯的事,不晓得会引发怎样的骚动。当然,我不打算告诉任何人。罗易斯希望我暂时保密。

"杜巴耶对老人动粗，似乎遭到天谴了。"上课前狄恩告诉我，"听说他被抓了。"

"杜巴耶被抓了？"

"昨天他拿棒子殴打了一名警察。虽然不晓得原因，但他好像遭到了警方追捕。"

德鲁卡也过来掺和一脚。

"校园暂时获得平静，那家伙要去糖果店当一阵子店员。"狄恩自个儿打起拳击。

"糖果店？他要在糖果店当店员？"

"是大人决定的。听说警察逮捕小孩，不会送进监狱，而是会罚他们帮大人的忙。我哥哥偷偷把青蛙放进路人皮包那一次，也是被罚在餐厅洗盘子。"

狄恩解释道，杜巴耶会在他居住那一区的马克西姆①糖果店工作一周。我无法想象凶暴的杜巴耶卖糖果的样子。不过，等他重返学校，我肯定会被修理得惨兮兮。他应该已经记住我的长相了。

"你脸色不太好，怎么啦？"狄恩望着我。

---

① Maxim's de Paris，一九六六年创立的法国糕点品牌。

"为什么他要这样对待大家？"

"大概是不甘心和我们一样过穷日子。听我哥说，他们家很久以前是贵族，他是没落贵族的孩子。"

眼前浮现杜巴耶的面庞，可能他真的是贵族出身，因为他的外表甚至散发出一股优雅的气质。如果不那么粗鲁，他应该会非常受女孩欢迎。

午休时间，德鲁卡分给我面包当午餐。下午的课一结束，我立刻就要离开教室，德鲁卡喊住我：

"你今天不送面包吗？"

"我有点事。"

"什么事？"狄恩凑上来问。

"抱歉，我不能说。"

"干吗搞这么神秘？告诉我们啦！"

狄恩相当好奇。我横下心向两人道别，离开学校。工厂高耸的烟囱升起烟柱，我穿过无人的特欧布罗马街，前往昨天布朗尼带我去的纽豪斯旅馆。柜台前的老员工今天也在打瞌睡。我搭电梯到五楼，敲了敲502号房间的门。

"学校好玩吗？"

布朗尼晃着皮球般的身躯为我开门。他住在503号房间，但除了睡觉，其余时间都待在罗易斯的房间。

室内开着暖气，十分温暖。罗易斯坐在椅子上，修长的双腿搁在桌面上，红色毛线在手中来回穿梭。我不禁感到疑惑，原来他在打毛线。

"不要告诉别人，我的爱好是打毛线哟。"

罗易斯操作着毛线棒，并未抬头看我。没有任何报纸杂志提到他会打毛线。

"我以为只有女孩才会打毛线。"

"法律没这么规定。喏，瞧瞧。"他自豪地秀出织有可爱熊图案的毛衣。

"如何？"

"熊的脸歪了。"

"咦，是吗？"

罗易斯放下脚，一脸凝重地注视着毛衣。我坐到床上，望着他。

"呃……"他发出呻吟，搔搔头。那困窘的模样，真让人百看不厌。

"话说回来，今天应该还有一名访客。"

罗易斯语毕，随即响起敲门声。

"不愧是警长，分秒不差。"

布朗尼打开门锁,一个身材魁梧、宛如雕像的男人走进室内。他的眼角有皱纹,似乎比罗易斯和布朗尼年长,身上的大衣面料看起来颇为昂贵。他捧着一个盒子。

"我带了礼物,是侦探喜欢的巧克力蛋糕。"男人递出盒子。

"甘纳许①先生,你实在太贴心了。"罗易斯放下织到一半的毛衣。

"你是寄信来的林兹吧?我是甘纳许,罗易斯的朋友,也就是警察叔叔。"

名为甘纳许的男人低头注视着我。他像电影中的黑帮老大般,魄力十足。我紧张地行了一礼。

"你好,甘纳许先生。"

布朗尼接过盒子。甘纳许警长买来一个大蛋糕,布朗尼离开房间,不知从哪里弄来四副刀叉和小碟子,似乎是放在隔壁503号房间的行李箱里。

"你怎么会携带这么多餐具?"

"这是旅行的必需品,我随时随地都要准备好切蛋

---

① Ganache,一种混合了奶油的巧克力酱。

糕分给大家。"布朗尼一脸理所当然地说道。

只有罗易斯坐在椅子上，其他人坐在床边。布朗尼和甘纳许警长身躯庞大，必须缩起身子才坐得下。

"首都还是老样子吗？"罗易斯吃着蛋糕问。

"一派和平。你突然不见，记者纳闷不已。这次的调查需要多少人手？"

"还不清楚，目前一个人就足够了。"

"哎，我今天得赶回去报告……这次的线索有几分可信度？"

罗易斯瞥我一眼："敬请期待。"

"之前被假消息耍过好几次，你忘了吗？"

"这次不一样。"

甘纳许警长带来的蛋糕非常可口，我这辈子没吃过这么美味的食物。吃完一块，布朗尼又切了一块给我。罗易斯默默思考，即使跟他搭话，他也不应声。他坐在椅子上，单膝立起，凝望半空。看来，这是罗易斯的习惯，甘纳许和布朗尼都一副了然于心的样子，丢下罗易斯自顾自聊天。

"我有个问题，"我面向甘纳许警长，"昨天罗易斯先生给我看过一张卡片，就是怪盗在案发现场留下的卡片。上面的编号是'No.21',可是根据警方公布的消息,怪盗犯下的盗窃案不是二十起吗?怎么会有'No.21'的卡片?"

"喂,你提到的是机密,千万谨慎。不过……呃,好吧,既然机会难得,我就告诉你吧。"甘纳许警长思索片刻,继续道,"两者的数字对不上,我们也颇为困扰。警方恐怕遗漏了一起盗窃案。"

"遗漏?"

"'英雄的金币'失窃时,卡片编号是'No.19','白银的长靴'的则是'No.21'。换句话说,应该有一起警方尚未掌握到的盗窃案。关于这一点,我们仍在调查。"甘纳许的表情,像是希望我不要再追究。

"我也想问你,信中关于地图的描述是真的吗?"

"地图藏在父亲买给我的《圣经》里。"

"如果是歌帝梵的地图,标记的地点一定有玄机。"布朗尼相当期待,双眼闪闪发亮。

"方便详细叙述你们买《圣经》的情形吗?"罗易斯开口。

我们转向他,我说出和父亲一起出门散步那天的事。父亲在摊子上买胡椒粉和《圣经》,然后老板告诉我们这本《圣经》的来历。

"《圣经》的主人救出身陷火海的孩童！"罗易斯起身走来走去，"假如地图是怪盗画的，可借这段插曲推测怪盗是怎样的人。"

罗易斯从书桌抽屉里取出信封和信纸。仔细一瞧，那是我写给他的信。

"你在信里提到'我发现的地图上画着风车磨坊'，读到这个部分，我们推断不是假情报。"

"风车磨坊图案的情报并未向社会大众公开，只有警方及部分记者知道。"布朗尼补充。

据他们说，卡片上的风车磨坊全是手绘而成的。警方从各个角度研究这枚图案，有人猜测会不会是模仿名画，便着手寻觅有没有相同的画作。风格相近的画家遭警方传唤，接受漫长的侦讯。此外，警方还找来植物学家鉴定背景的树木，调查是生长在何处的植物。然而，最后依然对风车磨坊一无所知。

"关于风车磨坊，我是听朋友马克里尼说的。他在报社当实习记者，经他一提，我才想到地图可能是真的。"我解释道。

"原来在寄信前，你就知道怪盗的卡片上画有风车磨坊，顺序应该颠倒过来吧？"甘纳许警长苦着脸。

罗易斯在椅子上坐下，仿佛在思索。我叉起蛋糕放进嘴里。

"明天你能去找马克里尼吗？问问他还把风车磨坊的事告诉了哪些人。"罗易斯向我开口。

"你要骂马克里尼吗？"

"不，我只是想知道情报泄露多少。见过马克里尼，你带着地图到图书馆找我。要是你一个人会害怕，我就派布朗尼去接你。"

罗易斯把吃到一半的蛋糕放进嘴里，拍拍手。

"好了，开始调查。"

神秘黑影

"我的话千真万确。怎么,原来你不信吗?"马克里尼说道。此时,他的母亲打开房门,端着茶壶和茶杯走进来。

"打扰了。"我向马克里尼的母亲打招呼。

"又在聊侦探和怪盗?"

"大哥哥总是告诉我许多事。"

我接过茶杯,啜饮一口。等母亲离开,马克里尼继续道:

"关于风车磨坊,情报来自前辈。留在现场的卡片上画有这样的图案。"

马克里尼翻开剪贴簿,浏览怪盗歌帝梵多达二十次的犯案及报道。

"欸,再多谈谈这部分嘛。"

"你很好奇?"

"每个小孩都对罗易斯和歌帝梵很好奇啊。"

马克里尼叹了口气。

"卡片上的风车磨坊图案,你没向任何人提及吧?"

"当然。"

"绝不能向同学泄露啊,我也只告诉了你而已。"

"除了我,你没告诉别人?真的吗?"

"真的。好啦,换个话题。"

聊完学校和朋友的事,马克里尼换好衣服,打上领带。接下来,他得去报社通宵工作。我向他道谢后,离开他家。

一走到门外,冷风便迎面袭来,我不禁绷紧脸颊。穿过石板路,我回到自家所在的公寓。母亲还没从药品工厂下班,我从柜子里取出《圣经》,抽出夹在里面的地图。这是联系起我和罗易斯的重要地图。若真是怪盗歌帝梵手绘的,我应该能领到奖金。当然,我打算把奖金送给母亲。那么,或许母亲周末就不必去当服务员了。接着,我前往图书馆。

"冈佳乐夫先生,调查得还顺利吗?"

这座图书馆是一座古老的建筑物,令人联想到巨大的遗迹。宽广的空间里摆满了书籍，并设有阅读用的桌子。乔装成美术生的罗易斯，在角落的座位上摊开厚重的书籍，翻阅内容。长长的刘海盖下来，看不到脸，但他穿着那件熟悉的沾染颜料的外套，所以我认得出他。

"马克里尼怎么说？"

罗易斯要我坐在他身旁的椅子上。我坐下后，向他转述马克里尼的话。

"没告诉其他孩子……这样啊……"

"你在做什么？"我望向罗易斯的手边。

"我在查阅这几年发生的火灾报道，想知道哪些地方的教堂曾失火。"罗易斯给我看封面，书名是《火灾事故·种类及统计》。

"布朗尼先生呢？"

"基于和我相同的理由，正在向教会人员打听。"罗易斯伸个懒腰，"那张地图极有可能是怪盗画的。假设摊贩老板没撒谎，我得查出那个拯救孩童的年轻人的名字和长相。对了，你是跟朋友一起来的吗？"

"我是一个人来的。"

"奇怪，我似乎看到有个孩子尾随你走进图书馆。"

他纳闷地偏着头。附近没有疑似他形容的孩子。

"会不会是看错了?"

"或许吧。你有没有带地图来?"

我从外套口袋取出地图,罗易斯惊讶地说:

"这样未免太不小心,万一弄丢了怎么办?"

"对不起,冈佳乐夫先生。"

罗易斯接过地图。我们停止聊天,专注地盯着摊开的地图。

"帮地图拍张照,寄回首都吧。集合众人的力量一起调查,说不定就能查出画的是哪座城镇。这项工作需要庞大的人力。虽然没标方位,也不一定是这个国家,但值得一试。"

"或许失窃的宝物就藏在这里……"

我指着地图上的记号——与失窃的金币一模一样的图案。

"不要贸然认定。"

我们背后的书架发出咿呀声,紧接着是有人跑掉的脚步声。我和罗易斯对望一眼,罗易斯拿着地图站起来,窥探书架后方。我连忙跟上,然而书架后面空无一人。罗易斯折好地图收进口袋,四处寻找有无可疑人影,不过图书馆内只有在看书的人。

"以后最好小心一点。"

罗易斯按着口袋。我决定把地图交给他保管,放在他那里比较安心。

"你的生活一切照常。调查如有任何进展,美术生会上门拜访。"

我留下罗易斯,离开图书馆。傍晚的天空中挂着工厂长长的黑烟,我回到家里,和母亲一起用过晚饭,躺在床上休息。寒意穿透薄薄的毛毯钻进来,我蜷起身体闭上眼睛,回想在图书馆的遭遇。书架会无缘无故发出咿呀声吗?一定是有人躲在后面,靠着书架偷听我们谈话。对方应该也听见我那句"或许失窃的宝物就藏在这里"了……

"喂,你昨天怎么没来?"

一到学校,同学海夫提①便劈头问我。他的个子很高,而且是运动健将,可说是班上的领袖。

"如果你来,我们就不会输。因为你不在,害我们只能十个人上场比赛。"

---

① Hefti,一九二五年创立于瑞士的巧克力品牌。

海夫提推着我的肩膀埋怨道。现在时间还早，教室里没什么人。

"我有点事。"

每周一次，班上的男生会集合起来，在傍晚举行足球比赛。我属于海夫提那一队，但我完全忘记昨天要比赛，一放学就跑去马克里尼家了。难怪海夫提会生气，一旦落败，等于中止了队上的连胜纪录。

"适可而止吧。"

同一队的成员过来制止他。平常一起练习传球的朋友们搭着海夫提的肩，想安抚他。海夫提哼了一声，背对我，离开时撂下一句：

"不该让移民的小孩加入的。"

"你说什么？"

我反问，他停下脚步。

"开玩笑的，下周的比赛别再缺席啦。"海夫提耸耸肩。

坐下没多久，狄恩和德鲁卡走进教室。

"昨天真是惨兮兮，敌队逆转获胜了。"狄恩语带埋怨。

"对不起，海夫提刚刚才训过我。"

"哎，算了。"狄恩笑着拍拍我的肩。

"昨天你怎么没来？"德鲁卡关切道。

我闪烁其词。即使没忘记比赛，我依然会去找马克里尼确认消息有无走漏，然后前往和罗易斯约定的图书馆吧。

"你最近怪怪的，是不是有事瞒着我们？"德鲁卡问。

"你在躲我们。"狄恩附和。

老师踏进教室，上起音乐课。我们搬开桌子，挪出宽阔的空间，排成一列。老师打开钢琴盖，我们配合旋律引吭高歌。一个月后将举行发表会，我们得加紧练习合唱。我唱着歌，忽然想到杜巴耶。

"是出于慈悲啊。反正往后你肯定找不到像样的工作，只能悲惨地死去。你这种人活在世上也没用，对吧？"

直到不久前，祖父母都住在别的国家。由于战争爆发，他们离开故土，迁居这个国家，所以被称为移民。我是移民的后裔，拥有移民血统很难找到工作。连原住民都过得如此困苦，更不可能提供工作给短短几十年前才迁来的人。如同杜巴耶所言，我没机会获得像样的工作。即使得到好工作,也会引发嫉妒,惹祸上身。前阵子,一个有移民血统的人用赚来的钱开了小杂货店,隔天就遭人纵火,店铺付之一炬。这是在警告移民的后代别想往上爬。我是移民的子孙,是为了躲避战祸逃往这个国家的,形同寄人篱下。

放学后,狄恩、德鲁卡和我一起去卡非塔瑟街。我克制住欲望,没买点心,好友便把他们的巧克力和口香糖分给我。"如果口香糖和巧克力一起吃,口香糖就会在嘴巴里融化。"德鲁卡说。我依言尝试,口香糖真的在嘴巴里融化。我们走在石板路上,惹得系在路灯下的狗不断吠叫;或随意浏览电影院张贴的海报。好友今天也热烈谈论着侦探罗易斯和怪盗歌帝梵。为了调查歌帝梵犯下的窃案,罗易斯似乎已离开首都,但不晓得在哪里做些什么——德鲁卡告诉我报纸上的消息。

"连记者也不清楚他的行踪吗?"狄恩问。

"罗易斯究竟跑到哪里去了?"德鲁卡十分疑惑。

狄恩与德鲁卡边吃点心边吵闹着。经过毛线铺,我不经意瞥向店内,居然看到美术生冈佳乐夫。他一脸严肃地注视着五颜六色的毛线。

"罗易斯肯定是去外国,率领大批警察,追查怪盗歌帝梵的下落了。"我随口应道。

"一定是这样。"两人都赞同。

来到转角,我停下脚步。

"啊,突然想到我还有事!"

面对两人的追问,我胡乱敷衍。跑过转角,确定两人没追上来,我穿越小巷,前往刚刚的毛线铺。

"由于你下落不明,孩子们都在议论纷纷。"

我进入店里,向冈佳乐夫搭话。他盯着毛线应道:

"你口中的孩子们,是指跟你一起经过那条路的狄恩与德鲁卡吗?"

"原来你注意到了!"

"我是很敏锐的。"

罗易斯从架上拿起三卷毛线前往柜台结账,接过包装的纸袋,我们一块儿踏出店门。走在卡非塔瑟街上,罗易斯望着纸袋内,仿佛在凝视宝物。

"旅行时我一定会带毛线棒。"

"还有放大镜吧?那是你的标志道具。"

"那是骗人的,只是为了看起来像侦探。"

"可是,你在许多照片里都拿着放大镜。"

"崇拜者看到会开心，所以我才摆那种姿势。放大镜根本派不上用场，真是可笑。"

"怎么跟我知道的不一样……"

罗易斯邀我到街角的咖啡厅，我们隔着桌子对坐。他说要请客，我便点了一杯热巧克力。

"地图已完成翻拍，我是去邮局寄底片给甘纳许警长。"

"你今天也乔装成了美术生呢。"

"因为我只带了变装成老人和美术生的道具。"

店里几乎客满，人声鼎沸，非常嘈杂。

"甘纳许警长出动全部的调查员，彻查国内所有的市场。"

"这个国家所有的市场吗？"

"连小市场也算进去了，不晓得有几百个地方。当然，目的是要找到那名摊商。"

由于搜查规模太过惊人，我感觉头晕目眩。

"另外，这几年中似乎没有教堂失火。"罗易斯表情严肃。

"也许是发生在别的国家……"

"或是摊商捏造的故事。"

我们压低音量讨论着，坐在罗易斯背后的学生忽然大声说：

"应该快点抓到怪盗，把他大卸八块！"

"真是恶劣！居然还留下署名的卡片！"

"一定是神经不正常的怪人！"

一群学生拍桌大笑，他们在谈论报纸杂志上提到的怪盗歌帝梵的恶行。这种情况再寻常不过，我不以为意，甚至想加入他们一起嘲笑歌帝梵。可是，我注意到美术生的样子不太对劲，便出声唤道：

"冈佳乐夫先生？"

罗易斯握紧拳头，微微发抖。他站起来，转身指着吵闹的学生斥责：

"不准那样说！"

他的话声大到整个店内都听得见。不只是学生，所有客人顿时安静下来，盯着美术生，表情像在质疑：这家伙在搞什么？

"抱歉。"罗易斯赫然回神，拿起账单走向柜台。

踏出咖啡厅，他边走边深呼吸。

"听到别人嘲笑怪盗歌帝梵，我实在无法忍受。"

"你在开玩笑吧？你不是经常说'不能让那种大坏

蛋逍遥法外'吗？"

"那是记者逼我说的。不，是记者背后的组织逼我演的。"

"组织？"

一离开卡非塔瑟街，人潮逐渐消退。偶尔擦肩而过的行人，都拉紧大衣前襟，躲避寒风。

"有人试图将怪盗塑造成坏蛋，转移累积的民怨。我只是被捧成英雄，迫于情势协助他们的阴谋。"

"什么意思？"

"如果记者不把歌帝梵写成大恶人，或许他才是英雄。但是，他们害怕情况演变到这一步，于是决定创造一个英雄。战争结束后，这个国家失去太多，付出了极为惨痛的代价，所以需要这样的机制。毕竟人们渴望着能够由衷相信的事物。"

他摘掉假发，露出隐藏在刘海底下的脸。

"你在干吗！"

我举起双手想遮住他的脸。万一被路人发现，绝对会引起大骚动。

"我才不是什么英雄。可是，我确实也想当英雄。这复杂的思绪，把我的心撕扯成碎片。"

罗易斯不断深呼吸，重新戴上假发，向我道别后迈步离去。

回到家，只见下了班的母亲神情凝重地坐着。她告诉我，隔壁的摩洛索夫先生在旅行途中发生交通意外，正在住院。他昏迷了好一阵子，最近终于恢复到能够提笔写信的程度。母亲给我看他寄来的信，字迹歪七扭八，显然手还使不上力。

"难怪他一直没回来……"母亲低语。

"没送命真是万幸。"我应道。

尽管有些缺德，但我忍不住暗想：幸亏摩洛索夫先生不在家，我才有机会看到报纸，并寄信给罗易斯。

"找个时间写信给住院的摩洛索夫先生吧。"我和母亲这么商量后，便钻进被窝。不料，隔天下午，我就收到了最糟糕的噩耗。

窃贼

　　一大早，天空就乌云密布。放学后，我去给一个行动不便的老婆婆送面包，办妥差事，并向德鲁卡的父亲领到酬劳。完成送货后，我和德鲁卡闲聊一会儿。平常狄恩会跟我们在一起，但这天他感冒了，请假没来上学。回家途中，我在街角遇见布朗尼。他似乎在等我经过。我们四目相望，他晃着浑圆的身躯跑过来。

　　"快跟我走！"

　　"出什么状况了吗？"

　　"你直接听罗易斯说吧。"

　　我们前往旅馆，老员工今天没打瞌睡。我们搭电梯上了五楼，来到502号房间的门前。

　　"你开门看看。"布朗尼神情严肃。

　　我试着开门，门把却一下就脱落了。

"坏掉了!"

原来把手的金属零件被巧妙拆下。

"不晓得是谁干的,手法相当老练。"

进入室内,只见罗易斯坐在床上,脸色苍白。

"被摆了一道……"

室内一片凌乱,衣柜敞开,衣服被丢得满地都是。罗易斯行李箱里的东西全被倒出来,像弄翻杂物箱一样。

"我已联络甘纳许,再过一个小时他就会从首都赶来。"罗易斯告诉布朗尼。

我注意到房间各处都被撒上一层白粉,包括行李箱、毛线,连美术生的衣服都没能幸免。

"我调查过指纹。这些是检验指纹用的铝粉,不过只采到我们的指纹,歹徒似乎戴了手套。"罗易斯解释。

我感到一阵不安。室内翻出的各种物品散落四周,却没看到最重要的东西。

"甘纳许警长正指挥警员搜寻嫌犯。"罗易斯望向我,"这纯粹是我的推测,我和你去图书馆时,犯人或许听到我们的对话,认定那是藏宝图……"

对方跟踪罗易斯,并找到了他的下榻处。

没看到地图，恐怕是被潜入房间的人偷走了。

即使喝着茶暂时歇口气，我对窃贼的愤怒依然没有消失。在我心中，那不仅仅是一张地图，那是从父亲买给我的书里找到的，窃贼不晓得其中缘故，鲁莽地偷走地图，令我非常火大。

我和布朗尼坐在床上喝茶，罗易斯在房里来回踱步。

"当时我怎么没留意背后！"

罗易斯不断拿脑袋去撞墙。他垂头丧气半晌，突然抓着毛线和毛线棒打起毛线，以惊人的速度编织出形状。但是，他很快停手，戴上冈佳乐夫的假发，摇摇晃晃地离开了。

"我有点担心，我跟上去瞧瞧。"

我对布朗尼说，追着罗易斯出门。从来没想过，我居然会有担心全国最厉害的名侦探的一天。

天色阴暗，仿佛随时会下雨，石板路和公寓外墙都呈现出阴郁的色彩。罗易斯默默走在无人的大马路上。冈佳乐夫的假发满是采指纹用的粉末，罗易斯一搔头，白粉便纷纷落下。虽然戴着美术生的假发，他穿的仍是在报纸上登场过的罗易斯的服装。

旅馆后方有一条河。平常没这种情况,但不知为何,今天河面漂浮着许多翻着肚子的鱼。恐怕是工厂废水排进了河里,或有人在河里下毒了吧。看着鱼的尸体,我不禁沮丧起来。

罗易斯在河畔坐下,朝河里丢石头。他丢出去的石头沉入水中。我坐在旁边望着他。

"我打毛线会很奇怪吗?"罗易斯扔着石头,"我母亲喜欢打毛线,是她教我的。"

"打毛线能帮助你平静吗?"

"我会想起愉快的回忆。"

河面的涟漪随即消失。

"都是我的错。因为我的疏忽,地图被偷了……"

隔着美术生的假发,罗易斯搔着头说。

"可是,还有照片吧?"

"照片和实物不一样。从纸张和墨水的成分或许能查出一些线索。何况,地图是他亲手画的,这一点对我相当重要。"罗易斯怄气似的抱着膝盖,注视水面,"了解歌帝梵,一直是我的梦想……"

"你跟大家不一样,不认为歌帝梵是坏人吗?"

"不可以告诉记者哟,其实我仰慕歌帝梵。"

"仰慕?!"

我大吃一惊。说到侦探罗易斯,应该是要击败怪盗歌帝梵的正义使者。然而,他竟仰慕着怪盗,我实在无法想象。

"我来告诉你他偷走'回忆的蓝宝石'时的事吧。"

罗易斯的手放在我的肩上,眼睛像少年般闪闪发亮。

怪盗歌帝梵的犯罪手法是警方的最高机密,只有一小部分人知道。

"'回忆的蓝宝石'盗窃案,是怪盗歌帝梵犯下的第十起案件。当时我还是大学生,尚未参与侦办。"

"回忆的蓝宝石"属于一个曾大发战争财的老人。这个老人是手枪制造工厂的老板。

手枪大略可分为两种:左轮手枪和自动手枪。

左轮手枪每次射击后,必须扳起被称为"击钟"的类似小钟的装置。一扣下扳机,击钟就会敲打子弹尾端,引燃火药,产生气体,射出子弹。

相较之下,自动手枪是利用发射子弹的反作用力和气体压力排出空弹壳,让下一枚子弹自动准备发射。换句话说,不需要麻烦的操作,子弹就能接连不断地发射。只不过,自动手枪内部有许多零件,发射过程复杂,容易发生故障。最糟糕的状况是,扣下扳机的瞬间,手枪便会爆炸。

可是,老人制造的自动手枪以低故障率闻名,不会动不动就因发生故障而爆炸,将使用者的手炸成两截,而是能迅速发射子弹,帅气地命中对方的胸口或额头。

言归正传,老人的宅邸位于雾气缭绕的悬崖上。由于通往宅邸的路只有一条,附近的人称宅邸为死巷屋。道路宛如爬上壁面般延伸,一边是断崖绝壁,另一边是大海。除了那条路,没有其他方法前往宅邸。死巷屋的宝库中收藏着"回忆的蓝宝石",装设了最新的侵入者探测机,一旦发现可疑人影,便会通过线路让警署的警报器铃声大作。短短几分钟内,大批警力就会出动,封锁通向宅邸的道路。歌帝梵居然潜进这样一幢宅邸。

"他有办法避开探测机吗?"

"不可能。"

"那想必他是剪断电线,所以警署的警报器才没发挥效用。"

"这也行不通,电线断掉,警报器一样会响。据说,歌帝梵出手的那一夜,警署传出震天响的警报声。"

某天晚上,有人潜入死巷屋的宝库,多道门锁遭破坏,"回忆的蓝宝石"失窃。当时警报大作,一众警员立刻出动。他们坐上警车,聚集在宅邸所在的悬崖下方。

十名警员封锁道路,监视有无可疑人物走下悬崖。他们早就商议好,一旦有人擅闯死巷屋便如此应变。只要封锁通往宅邸的道路,犯人就插翅难飞。因为要离开悬崖,只能走这条路。

"明知逃不掉,歌帝梵为什么还要硬闯那种地方?"

"毕竟是怪盗,他照样潜入行窃。另外,那幢宅邸所在的地方,有一种特殊的自然现象,叫白巧克力现象。"

"白巧克力现象?"

"是当地居民取的名字。一年中有几次,浓厚的白雾会笼罩那个地区。源于大海的雾气会覆盖一切,连自己的脚都看不见,居民只能躲在家里不出门,这就是白巧克力现象。歌帝梵挑选在这样一个雾夜下手。"

十名警员留在崖下,其余前往宅邸。他们小心前进，以免一脚踩空，坠落大海。

抵达宅邸后，他们在"回忆的蓝宝石"失窃的宝库内，发现怪盗歌帝梵的红色卡片，大惊失色。原来他们在搜捕的不是普通窃贼，而是怪盗歌帝梵！为了一举扬名，众人拼命搜索嫌犯。

"那歌帝梵不就等于瓮中之鳖了吗？"

"没错。警方封锁道路，无法离开悬崖，所以怪盗不可能逃出屋子。"

可是遍寻宅邸也没有怪盗的踪影。一群警员走到雾气弥漫的屋外。借着手电筒灯光，勉强可以看清几步范围内的距离。"准备点名！"一名警员大喊。"一！""二！""三！"众人依序报数，直到十为止。十个人在雾中搜索歌帝梵的行踪，却一无所获。不久后，有人建议：

"去请求支援吧！"

在崖下封锁道路的警员，看见几名同僚穿过浓雾跑近。"犯人是怪盗歌帝梵！""快过来帮忙找人！"他们七嘴八舌地报信。

"歌帝梵？！"封锁道路的警员大吃一惊，有人冲去用无线电联络总部，有人从车里取出手电筒，有人检查警棍和手枪，脚步声在雾中此起彼伏。为了立大功，数名警员赶往宅邸。最后，留下一些警员继续封锁道路。

"一夜过去，雾气消散，可清楚地看见四周。朝阳融化了白巧克力，警方却没抓到歌帝梵。"

"为什么？"

"给你提示吧。封锁道路的警员有十人，在宅邸附近搜寻怪盗的也有十人。但事后发现，当天晚上参与搜捕行动的总共只有十九人。"

"十九人？太奇怪了，数字对不上，不是应该有二十人吗？"

"换句话说，大喊'去请求支援吧！'的家伙就是歌帝梵。逐一讯问后，确定那天晚上没有一个警员说过这句话。歌帝梵打扮成警员的模样行窃，接着偷偷混进在雾中搜索的警队，大叫'去请求支援吧！'，再向封锁道路的警员通报'犯人是怪盗歌帝梵！'听到这名号，众人一片哗然。于是，怪盗趁四下混乱，钻出警车和警员的包围。由于他一身警服，又有白雾遮掩，没人起疑。"

罗易斯扔出石头，涟漪在河面扩散，死鱼摇摇晃晃。真是的，为什么偏偏今天会出现死鱼？

"在白巧克力浓雾的掩护下，怪盗不知消失到何方了。"

罗易斯低喃，看了看手表。

"叫上布朗尼，一起去车站吧，甘纳许警长差不多要到了。接下来得寻找地图才行。"

火车停靠站台，压得铁轨咯吱作响，虎背熊腰的甘纳许警长提着皮包走出列车。即使看到等在站台的罗易斯、布朗尼和我，他也不苟言笑。

"接连发生意料之外的状况，坦白说，我相当惊讶。"

回到旅馆502号房间，甘纳许警长开口。

"除了这件事，还有什么意外情况？"

行李箱里的物品散落各处，罗易斯望着这混乱的景象问。

"待会儿再谈，你先报告情况吧。"

甘纳许警长坐下，弹簧床被压得发出惨叫。罗易斯向他说明：

"偷走地图的是一个孩子，我看到他逃走的背影了。我从头说起吧。记得昨天下午三点,我和你通过电话吗?"

地图失窃前一刻,罗易斯就待在旅馆房间,等着甘纳许警长的联络。接近下午三点,负责柜台的老员工来敲502号房间的门,通知罗易斯有一通找他的电话。于是,罗易斯搭电梯到一楼柜台接听。

"跟甘纳许警长通话时,有人搭上电梯。对方应该是从旅馆后门进来的。我原以为是房客,搞不好那个人就是嫌犯。"

罗易斯讲了约二十分钟电话。甘纳许警长汇报,警方在寻找摊商的下落,但目前没有进展。挂断电话准备回房时,罗易斯瞥见刚刚载过客的电梯停在五楼。

"我心中涌起不好的预感。"

来到五楼走廊,理应没人的502号房间的房门忽然在罗易斯的面前被打开,出来一个矮小的陌生人。对方的帽檐压得极低,看不清长相,注意到房间主人站在走廊里,便慌张地拔腿逃跑。

"对方转身冲下楼梯,我原想搭电梯抢在他前头……"

不巧的是,一楼的女客碰巧按了上楼键,无人的电梯下到一楼,罗易斯只好改道。

"我慢了一步，没追到小偷。"罗易斯摇摇头。

"你只是运气太差，如果顺利搭上电梯，早就逮到对方了。"甘纳许安慰道。

小窃贼肆虐的现象，不仅发生在这座城镇。整个国家到处都是饥饿的孩子，他们总是睁大眼睛，寻找没有关紧门户的住家。不过，小窃贼居然会盯上地图，实在让人气恼。那张地图是逮捕怪盗的重要证据。

"我想尽快出发寻找失窃的地图，不过，关于此事，我有个推论……"

"等一下。"

甘纳许警长举起手，罗易斯顿时打住话。

"在那之前，我要通知你一个消息。刚刚出门时，秘书给了我一份文件。"

甘纳许警长从皮包里取出几张纸。

"这就是另一件意料之外的事。哎，其实我早有预感……"

罗易斯接过那张纸，浏览起来。他的表情一沉，频频瞄向我。

罗易斯流露出失望的神色。

外头似乎下雨了，水珠打在窗户上。

"你有没有带伞?"

布朗尼望着窗户,附耳问我。

"没有。"

"那我送你回家吧。"

布朗尼搭着我的肩,像是要我放心。罗易斯从椅子上起身,来到我面前。雨势越来越激烈,淋透了窗户。

"你冷静听我说,"罗易斯蹲下,膝盖着地,视线降到与我同高,"这份文件上写着首都学者团体的意见。许多研究员彻夜调查我寄去的地图照片,确认遗留在犯罪现场的卡片图案与地图上的图案笔迹不同。意思就是,那张地图不是怪盗歌帝梵所绘……"

有轨电车驶过一摊水洼,电缆迸出火花。大雨没有要停歇的样子,布朗尼为我撑伞。

"你是怎么认识罗易斯先生的呢?"

我边走边问。石板路两旁公寓林立,这是几天前杜巴耶一伙拦截我的地方。"罗易斯刚来这个国家时,我工作的蛋糕店就在他的侦探事务所对面。"布朗尼望着远方。

"原来布朗尼先生以前在蛋糕店工作?"

"罗易斯是常客，我们会互相寒暄。后来，由于经济不景气，老板关闭了蛋糕店。可是，我家乡的父母重病，卧床不起。虽然有妹妹照顾，但为了付医药费，欠下一笔钱。失业的我走投无路，不晓得罗易斯从哪里打听到这件事，跑到我们家，帮忙还清了债款。他是我的大恩人，所以我决定一辈子追随他。"

布朗尼一走起路，浑圆的肚子便上下摇晃。

"当时罗易斯就在追捕怪盗歌帝梵了……"

布朗尼低喃，面朝前方，带着严肃的神色陷入沉默。或许他是想起离开旅馆时罗易斯的表情了。

罗易斯戴着美术生的假发送我们到旅馆外，他看上去比我还失望。如果那张地图是怪盗歌帝梵画的，只差一步，他就能揭开长年追查的怪盗的真面目了。可惜，一切成为泡影。甘纳许警长表示会派员搜索失窃的地图，但语气中没有热情。

我们是不是干脆别管地图，赶紧调查其他来信的线索比较实际？——甘纳许警长脸上挤出皱纹，一副想这么说的模样。首都众多研究员的意见是，那张地图应该是恶作剧，目的是让人误以为是出自歌帝梵之手。毕竟到处都有人谎称知道歌帝梵的秘密基地在哪里，企图博取大众的注意。

"罗易斯打算明天傍晚离开这座城镇,我和甘纳许也会回首都。"布朗尼边走边告诉我。

"像我这样幸运的孩子,找不到第二个了吧。"

雨势太大,伞根本派不上用场。我的衬衫和裤子被淋得湿漉漉的,十分沉重。身体阵阵发冷,手指无法灵活弯曲。

"不敢相信我居然能见到罗易斯,真是奇迹。"

"是啊。"

"光靠这个奇迹,我似乎就能满怀勇气地活下去。"

"我会转告罗易斯,他会很开心的。"

我走出伞下,面向布朗尼。

"到这里就好,谢谢。"

说完,我便转身跑过石板路。回到公寓时,我全身都湿透了。

杜巴耶

隔天雨停了,天空一片晴朗。我拉开房间的窗帘,觉得与罗易斯的相遇就像一场梦。

"冈佳乐夫先生最近好吗?"

吃早饭时,母亲问道。

"很好。"

"哦,这样啊。"

母亲露出沉思的表情。

"怎么了?"

"你要不要再送个面包过去?"

"他似乎已经决定离开这个小镇了。难道他是妈妈喜欢的类型?"

"虽然感觉他比你爸爸更穷。"

我忍不住喷出口中的牛奶。居然拿父亲跟罗易斯比较，想想就觉得好笑。父亲过世才半年，可是我和母亲经常说这种话，然后哈哈大笑。我们平静地接受父亲得肺病逝世的事实。每天带父亲的换洗衣物去医院的那段日子，我们的心情消沉了许多。

"而且，我认为世上没几个人比德梅尔好。他走得这么早，真可惜。"

"爸爸有那么厉害吗？"

"你想挑剔别人的老公？你完全不懂你爸。"

母亲收拾起碗盘。我整理好书包，准备和母亲一起出门。生活回到常轨。

"罗易斯究竟跑去哪里了……"

德鲁卡看着报纸自言自语。一到中午，我、狄恩和德鲁卡便跟平常一样，在校舍后面堆放木材的地方聊天。德鲁卡从家里带来的报纸上登载着《罗易斯从首都消失》的后续报道。虽然报道附有照片，但不是罗易斯的照片，而是甘纳许警长的。他代替不在首都的罗易斯回答记者的问题：

"我们伟大的侦探，现下已离开首都，前往查证有关大坏蛋歌帝梵的重要线索。我只能透露这么多。"

"不知道罗易斯在哪里，总教人不安。"在木材上练习空中飞踢的狄恩说道。

下午上的是数学课，我看着各种公式打哈欠。为了驱赶睡意，我思考起有关罗易斯的事。他会在这个城镇留到傍晚，但最好不要去旅馆找他，也不能去送行。这几天他的亲切，不是把我当朋友，而是把我当线索提供者，我不能会错意。

话说回来，究竟是谁偷走了地图？嫌犯应该深信那是真正的藏宝图，真是天大的误会。

"林兹同学，到前面来解这一题。"

老师点到我，黑板上写着看起来很难的算式。我站在黑板前，却不会解答，挨了一顿骂。

"今天要玩什么？"狄恩问。

"如果要送面包，我也一起去。"德鲁卡开口。

放学后，我收拾东西准备回家，两人过来找我说话。

"我有事，今天要直接回家。请帮忙转告叔叔，明天我会继续送面包。"

我向他们道别，离开学校。说要直接回家是骗人的，我朝着完全相反的方向走去。那个地方远离饭店和车站所在的镇中心，只有一堆色泽暗淡的公寓像墓碑般林立。马克西姆糖果店位于其中一隅,杜巴耶在这家店工作。我不停思索是谁偷走了地图,最后得到一个结论——肯定是杜巴耶。

昨天下午三点,犯人潜入旅馆502号房间偷地图。关于这件事,我有两个疑问:

一、犯人怎么晓得那张地图的价值?

二、犯人如何知道地图存放在502号房间?

"我似乎看到有个孩子尾随你走进图书馆。"

在图书馆碰面时,罗易斯提过这么一句。我原以为是心理作用,但后来想想,罗易斯是对的,有人跟踪我。对方隐藏气息,小心地跟着我。他慢我一步进入图书馆,偷听我们交谈,不是偶然,而是出于好奇刻意偷听。换句话说,那个对我感兴趣、悄悄跟踪我的人,恐怕就是偷地图的犯人。符合条件的对象,我只想得到一个,就是怨恨我的杜巴耶。

马克西姆糖果店位于离学校徒步二十分钟的地方,店门口挂着可爱的粉红色招牌。打开店门需要勇气,思及杜巴耶那凶狠的眼神,我就害怕不已。杜巴耶的可怕之处不纯粹是力大无穷。相反地,他的体形纤瘦,看起来弱不禁风。不过,他是全校最危险的学生,这一点毋庸置疑。一看对方不顺眼,他随时会毫不犹豫地出拳揍人。他会这么粗暴,究竟是什么缘故?狄恩推测,可能是因为他家族的没落。虽然不晓得是真是假,但据狄恩的哥哥说,杜巴耶拥有贵族血统。

"你迷路了吗?"

路旁的警察关切道,他似乎在这一带巡逻。我摇摇头,走向糖果店。现在不是害怕的时候,我必须拿回地图。

刚要开门,一名母亲带着小孩走出来。小孩哭哭啼啼,母亲气得拱着肩膀。

"好可怕,好可怕……"

小孩双手掩面,反复泣诉。在糖果店会遇到什么可怕的事?我吞吞口水,踏入店内。

"欢迎光临。"

门一开,迎面就是一句懒散的招呼。我的背几乎要颤抖,那是伴随脸颊的疼痛烙印在脑海的声音。杜巴耶穿着一身小丑般的制服,站在柜台后方。他的周遭陈列着色彩缤纷的可爱糖果和棒棒糖。

"客人想找什么样的糖果?"杜巴耶没发现是我,

"这家店的糖果种类齐全,要红得像鲜血的糖果吗,还是甜得要死、把牙齿蛀光光的糖果?"

"……呃,刚刚那小孩怎么会哭着出去?"

"哟,那小孩跟妈妈讨糖果,不肯听话,我便讲了可怕的故事给他听。就是有个小孩被糖果卡住喉咙,为了取出糖果,不得不切断喉咙的故事……"杜巴耶耸耸肩,"倒是客人,这里有很棒的新商品,要不要试吃?"

他招招手,我忍不住靠近柜台。柜台也兼作玻璃展示柜,用糖果装饰得宛如游乐园。我看着里面的糖果,杜巴耶像猫一样飞快伸出手,越过柜台揪住我的头发。转眼间,我的额头被压在柜台上。

"好久不见,你这小子,是叫林兹吗?"

原来他发现了!我用力挣扎,但杜巴耶没松手。他弯下腰,从玻璃柜另一头瞪我。

"乖乖留在镇上,别想溜。"

隔着五颜六色的糖果,他歌唱似的警告我。

"等我恢复自由,马上要你见识何谓恐怖。你将会承受不住恐惧,臣服于我。我会好好修理你,到时每个人一瞧见你就会移开目光。毕竟谁都没办法一直看着惨不忍睹的东西嘛。"

父亲和地图浮现在脑海,鼓舞我差点受挫的心。我反瞪玻璃柜后方的杜巴耶,开口:

"把地图还给我!"

然而,杜巴耶眯起眼,不见一丝惊慌。

"我都知道。你跟踪我,想攻击我,所以一路尾随我到图书馆,偷听我们的谈话。"

"哦?"

杜巴耶仿佛在观察我。

"我还做了什么?"

"听到地图标记的地方有宝藏,你放弃报复我,决定去偷地图。装傻也没用,我知道昨天偷走地图的就是你。"

"我最痛恨你这种家伙。我要用糖果塞满你的嘴巴,把你扔进井里!"他右手抓起展示柜甲的糖果。

"试试看啊!可是你要还我地图,那对我很重要!反正你拿着也没用,那是假地图!"

"为何这么想要地图?"

"那是我父亲的遗物!"

杜巴耶突然松手,我立刻远远躲开。他望向窗户。

"每隔十五分钟,那家伙就会来巡逻。我一看到就烦，他没别的事做吗？"

窗外站着刚刚遇到的警察。杜巴耶会放我自由，是警察在监视店里的缘故。杜巴耶举手打招呼，警察点点头离开。

"他随时紧盯问题儿童。如果发现我不在，就会把我抓起来关禁闭。"

"你最好被关起来，可恶！"

我怀着想哭的心情抗议，他用力扯过我的头发，超痛。

"我不晓得你有什么误会，但我没偷地图。"

"骗人！就是你昨天下午三点从旅馆偷走的！"

"当时我在这里。那个警察能做证，你去问他。"

"你是趁他不注意的空当偷的！你是趁他离开，下次巡逻之前偷的！"

"昨天下午三点，你的宝贝地图在旅馆被偷，你认为嫌犯是我？"

我点点头。

"哪家旅馆？"

"纽豪斯旅馆，地址是特欧布罗马街……"

讲到一半，我的信心逐渐动摇。杜巴耶用一种看家畜的冰冷眼神俯视我。

"那家旅馆在车站附近吧？即使从这家店跑过去，来回也要三十分钟以上。我刚刚提过，每隔十五分钟警察就会来巡逻。"

"你可以利用交通工具。"

"或许吧。我没汽车也没自行车，不过抢一辆就有了嘛。只是，你觉得我会这么做吗？我会故意挑警察监视的时间下手？换成是我，会等恢复自由再行动。假如被逮到，又关进牢里，很麻烦。"

我几乎要头晕目眩。原来偷走地图的不是杜巴耶？那到底是谁干的？一瞬间，狄恩的面孔浮现在脑海。这么一提，自从我直接回家，不跟他一起玩，他就十分在意我的行动，而且昨天他请假没来上学。下午三点能去旅馆的孩子，除他以外，还有谁？

"刚刚你提到宝藏，那是在说什么？"杜巴耶问。

"反正你不会相信，是怪盗歌帝梵和侦探罗易斯的事。"

杜巴耶明显失去了兴趣。窗外有人经过，行人逐渐变多，是下班回家的人潮吗？

"不相信也没关系，打扰了。"

我努力装得若无其事,往门口移动。

"不准动。要是敢离开,我就杀了你。"

我停下脚步。杜巴耶从玻璃展示柜后方走出来。毫无疑问,他还是个孩子,却比我高大。他双臂交叉抱于胸前,靠在墙上,像法官般睨视我。

"莫名其妙受到怀疑,真不舒服。给我全部招来再走,不许有任何隐瞒。要是让我听出矛盾,我就踹死你。离下次巡逻还有十五分钟。这点时间,足够我把尸体处理得干干净净。"

我之所以会松口,纯粹是因为害怕。包括罗易斯来到这个小镇,地图失窃,发现地图是假货……我全盘托出。杜巴耶毫不讶异,目光中甚至流露一丝怜悯。他根本不相信我的话。

"我还期待能听到更有意思的内情呢。"

全部听完,杜巴耶开口。

"侦探罗易斯在这个镇上?变装成美术生?未免太荒唐了!哎,随便,你走吧,趁我现在心情不错。"

杜巴耶露出随时会踹死我的眼神,不过这样似乎算是心情好的。总之,我得救了。我刚想离开,店门忽然被打开,一个胖叔叔走进来。

"又喝酒?"杜巴耶问对方。

胖叔叔的脸颊通红,摇摇晃晃地靠近杜巴耶。我猜他是老板,这家店未免太离谱了!我暗暗想道,没说出口。

"那不重要,镇上出大事喽。"胖叔叔应道。

外头比之前吵闹。

"什么情况?"杜巴耶追问。

"名侦探罗易斯来到我们镇上,大伙兴奋得要命!"

杜巴耶望向我。

"我告诉过你,我的话都是真的。"我提心吊胆地重申。

"呃,好吧,相信你也行。可是,我还是要踹死你。如果你从头编到尾,我会当你是白痴,放你一马。但我强调过,一旦我发现任何矛盾,就会宰了你。"

"矛盾……?"

杜巴耶脱下小丑般的制服,扔到一旁。据说杜巴耶拥有贵族血统,他的五官与镇民截然不同,和我更是两个极端。那是世代居住在这个国家的传统民族相貌,并非劳工阶级的长相,而是散发着来自陌生世界的高贵气质。杜巴耶回答:

"你的叙述中，不止一处解释不通。不过，算了，要不要踹死你，等我确认过事实再考虑。你看不出哪里奇怪吗？真是蠢货。听清楚我接下来的话，为自己的愚蠢羞惭至死吧。我要摧毁你相信的事物。侦探罗易斯——偷走地图的窃贼，就是他。你手中的地图应该是真的，所以他才会动歪脑筋。"

第三章

名侦探的演说

从卡非塔瑟街走向车站,途中会经过一座广场。星期日,镇民会来喂鸽子,或在喷水池旁看书。当我赶到时,广场人潮涌动。从大人到小孩,都望着同一处。他们围绕的中心,是坐在喷水池旁的侦探与秘书。

"换句话说,您是接获重要消息,才会来到本镇的吗?"

"谁通知您的?"

一群疑似记者的西装男子向罗易斯发问。

"是镇上的少年,名字……暂时不要公布吧。得先征求那孩子的同意。"

罗易斯的话声嘹亮。群众都双眼发亮,注视着他。

"大致是怎样的内容?"

我在记者群中发现马克里尼的身影。他一脸兴奋,边写笔记边发问。

"他找到一张地图,是标记大坏蛋秘密基地所在的地图。"罗易斯答道,现场一片沸腾,仿佛随时会办起庆祝派对,"别高兴得太早。最后,我发现那张地图是有人恶作剧画下的,所以调查又归零。今晚我就会回首都。"

大伙发出遗憾的叹息。忽然,有人拍我的肩膀。

"看来,歌帝梵的秘密基地没那么容易找着。"

狄恩站在我身后,旁边是神情失望的德鲁卡。

"林兹,你什么时候来的?"

"我刚刚才到。"

"那你错过了罗易斯从咖啡厅走过来的盛大场面,好轰动呢。"

"所有人都跟在后面,简直像是游行。"

狄恩和德鲁卡兴奋地描述。

我不禁感到抱歉。虽然只有一瞬间,但我曾怀疑狄恩。不过,狄恩不可能偷走地图。我前往图书馆那天,他们应该在踢足球。窃贼另有其人。

万众瞩目下,罗易斯继续道:

"从这个小镇捎来的地图信息来看,内容具有相当的真实性。我以为终于找到线索，没想到是一场恶作剧。那张地图被伪造成出自怪盗歌帝梵之手。提供情报的信件，至今仍如雪片般不断飞向首都的侦探事务所，回去后，我必须全部读过。尽管假情报居多，可是，我相信其中一定有能拆穿怪盗真面目的线索。滤掉大量的假情报，是一件耗费心力的工程。可是，为了逮捕不断掠夺国民财产的坏蛋，我义不容辞。因为这就是我的使命。"

罗易斯话音刚落，便响起如雷的掌声。狄恩、德鲁卡和其他众多孩子都大声为罗易斯加油，罗易斯不断向人群挥手。我实在无法相信，偷走地图的会是侦探罗易斯。

"偷地图的窃贼走出502号房间，一看到走廊上的罗易斯便拔腿逃跑，这是为什么？"

从马克西姆糖果店前往广场途中，杜巴耶开口道。

"房客回来，小偷当然要跑啊！居然怀疑罗易斯，收回你的诬赖！"

我扑向杜巴耶，他却伸出脚，害我摔了个狗吃屎。杜巴耶一下又一下地踩着我的背。

"大白痴！我问你，窃贼怎么知道那个房间藏有地图？"

"因为他跟踪了离开图书馆的罗易斯。"我呻吟着回答。

"不对，窃贼跟踪的是美术生冈佳乐夫。罗易斯在图书馆和你见面时，变装成美术生了吧？偷走地图的人，应该会以为入住502号房间的是美术生。"

"那又怎样？"

"窃贼偷到地图，离开502号房间后发现走廊上有人，慌忙逃跑，就是这部分说不通。窃贼怎么会认为，走廊上的男人是那里的房客？他怎么会认为服装和发型都不是美术生的男人住那个房间？"

"一定是罗易斯那个时候也变装了。"

"不对，他没变装。你提到502号房间撒满采指纹用的白粉吧？这是罗易斯装成被害者，故意做出调查的样子。变装道具的假发和衣服也沾上白粉，不就代表地图被偷时，冈佳乐夫的变装道具丢在房里？"

"窃贼太慌乱，所以发现走廊上有不认识的人，下意识逃跑了。肯定是这样。"

聚集在广场的群众发出笑声,似乎是记者提问,罗易斯回答得很幽默。我一时没注意,漏听了这段对话。他身旁的布朗尼看看手表,起身拨开人群,想离开水池边。

"请各位让他过去,我的秘书必须打电话回首都。"

罗易斯一发话,群众便自动分开,让出一条路给布朗尼。

我留下狄恩与德鲁卡,离开广场。

"布朗尼先生!"

过马路后,我在一家银行前面追上他。听到我的声音,布朗尼停步望向我。

"嗨,这不是林兹吗?"

"名侦探出现,轰动了整个小镇呢。"

"咖啡厅有人认出他。"

"他没变装吗?"

"接下来只剩搭火车,一时疏忽了。"

布朗尼摸摸小胡子,伤脑筋似的笑笑。杜巴耶是错的,他只是想加深我的不安,耍着我玩。说什么罗易斯和布朗尼撒谎,这种想法太荒唐了。

"对不起,都是我害你们来到这种偏僻的地方,白跑一趟……"

"没关系,不是你的错。"

"我正感到不安,怀疑在图书馆压得书架发出声响的是布朗尼先生呢。因为杜巴耶那家伙居然讲罗易斯先生的坏话……"

广场群众的掌声,甚至传到我们所在的地方。罗易斯似乎又在发表精彩的演说。我盯着布朗尼,掌声退去,四下恢复安静。

愚蠢的布朗尼。看到他惊慌的表情,我顿时明白谁才是对的。

"……你到底在说什么?"

布朗尼取出手帕,擦拭额头的汗水。我转身背对他,折返原路。他呼唤着我,但我没理会。

广场上,记者采访结束,孩子们将罗易斯团团包围,索讨签名。我拨开人群,走向喷水池。罗易斯恰巧在狄恩递出的笔记本上签名,发现是我,他露出笑容。那一瞬间,我的胸口像快要被捏碎了似的无法呼吸。

"亏我那么相信你……"

广场充满孩子们兴奋的喧闹声,可是,罗易斯仍能听见我的话。他一脸纳闷,偏着头看我。

"快点排队啊！否则会要不到签名的！"

狄恩收起笔记本时，注意到我，出声催促道。他身后的队伍中，也有德鲁卡和马克里尼的身影。

"我原本很相信你，却越来越困惑。那张地图其实是真的，对不对？你只是假装地图被偷吧？"我问罗易斯。

狄恩、德鲁卡和马克里尼注意到我的样子不对劲，回头看罗易斯。罗易斯在喷水池前低下头，肩膀微微颤抖，忽然放声大笑。他的笑声传遍整个广场，吵闹的群众顿时安静下来，疑惑着发生了什么事。

"原来如此。林兹，没想到你会来这一招。"

他搭着我的肩膀，我不禁感到害怕。我最尊敬的罗易斯，变成无法捉摸的陌生人。罗易斯搂住我，转向大家。

"向各位介绍，这名少年，就是写信给我的林兹。读了他的信，我才会来到此地。换句话说，是他带我来与各位见面的。"

广场的群众看着我鼓掌。

"林兹，真的吗？太厉害了！"狄恩和德鲁卡十分惊讶。我挥开罗易斯的手。

"别这样,罗易斯先生。我想知道真相!"

"真相?真相大白了啊。可是,我在犹豫究竟该公开到哪种程度才好。不过,我向各位保证,绝不会再发生这样的情况。林兹,当初你认为那张地图可能属于怪盗歌帝梵,理由是什么?"

"上面有风车磨坊的图案……"

"没错!怪盗歌帝梵留下的卡片上画着风车磨坊,这只有警方和一小部分记者才知道,对吧?"

罗易斯回头看记者,记者全都点点头。

"虽然没报道,但我耳闻卡片上有风车磨坊的图案。"马克里尼补充。听到我和罗易斯的对话,狄恩、德鲁卡和其他人都要求记者说明。罗易斯一脸满足地继续道:

"风车磨坊的图案,大概类似怪盗歌帝梵的防伪标记吧。没有防伪标记的卡片,就不是怪盗所留下的。令人惊讶的是,林兹发现的地图上也有风车磨坊的图案。他写给我的信在此,我念一段给各位听听。"罗易斯从口袋取出信纸,那是我寄的信,"我只念重点:'我找到一张与怪盗歌帝梵有关的地图,背面画着风车磨坊的图案。'我们看完,确信这条线索是真的,因为内容提到一般民众还不知晓的'风车磨坊的图案'。"

不知不觉间,众人全安静下来,聆听罗易斯的话。

"可是,地图上的笔迹与歌帝梵的不符。那是一张假地图,有人想伪造成'歌帝梵的地图'。目的何在?当然是希望我来这里。我的侦探事务所收到大量提供线索的信件,堆积如山。希望我回信,或想要见我一面的人,会写下一些假情报。林兹,你的信特别逼真。那个时候,我们仍要求记者不能泄露风车磨坊图案的情报。"

"你在说什么?"

我有股不好的预感,但罗易斯无视我。

"马克里尼,是你告诉林兹风车磨坊图案情报的吧?"

罗易斯回望马克里尼问道。

"是的。这么一提,林兹来过我家好几次,询问风车磨坊图案的事……"

马克里尼讲到一半,似乎有所觉察。罗易斯指着他大喊:

"没错,马克里尼!这名少年听闻那特别的情报,想到一计,于是在地图上画了风车磨坊。风车磨坊的图案,是一般孩子不会知道的特殊情报。然后,他写信引诱身为名侦探的我过来。看完他的信，我判断这条线索值得进一步查证。换句话说，我完全被骗了。"

每个人都在看我。我难以置信地反驳：

"太卑鄙了，罗易斯……不是你要我去找马克里尼的吗？"

罗易斯没理我，对在场的群众扬声道：

"各位，请不要苛责这孩子，每个人都会有类似的念头。自行引发事件，然后写信给我的人屡见不鲜。连主妇都会杜撰根本不存在的密室杀人案，寄信向我求救。他们都太想见我了！"

马克里尼、狄恩和德鲁卡无言地注视着我。不只是他们，回头一看，无数的视线钉在我身上。

"林兹，你怎么会干出这种事！"马克里尼率先开口。

"大家，请听我解释……"

我想向死党狄恩求救，他却离我远远的，像要闪避恶心的东西。我脚下一绊，跌跪在地。善良的德鲁卡靠近我说：

"你这个混账移民，居然妨碍名侦探调查！"

朋友愤怒得面目狰狞。德鲁卡的神情和话语太过恐怖，我的心脏几乎要停止跳动。

"站起来。"

罗易斯拉扯我的手臂，要我起身。

"快离开，你不应该在这里。"

他推着我的背，人们让出路。无关我的意愿，双脚自行动起来。我没有余力思考，脑袋一片灼烧。大家的目光随我移动。"可恶的移民！"谩骂声钻进耳朵里，我快步穿过人群，远远望见布朗尼。他交抱双臂，眼神仿佛在责备恶作剧的孩童。我跑离广场，内心的惊骇久久不能平息。

我通过大马路，泪水不停流下。既气愤又窝囊，心乱成一团。行人都回头看我，疑惑发生了什么事。"喂！"有人叫我，但我没理睬，继续往前走。不知是谁，从背后狠狠一推，我跌倒在地。原以为是广场的群众追过来，准备痛打我一顿，可是我好像猜错了。

"再敢不理我，我就送你下地狱！站起来，我们去抢回地图。"

叫住我的是杜巴耶。

你完了

坐柜台的老人和平常一样打着瞌睡。经过纽豪斯旅馆的大厅,我们搭上电梯。抵达五楼,电梯门一开,杜巴耶率先走了出去。

"罗易斯住502号房间,秘书住503号房间,对吧?"

杜巴耶问。我还没开口,他便喊"快回答",踹了我一脚,似乎把我当成了家畜猪。

"刚刚看到你被朋友唾弃,真是痛快。"

杜巴耶咯咯笑着,在走廊上前进。

"你为什么不救我!"

"我?救你?你是白痴吗?"

原来他在广场,从头待到尾。

"你反倒该感谢我吧?我好心叫住哭哭啼啼,一副可怜兮兮模样的你呢。你可以回去了。"

"不要。地图是我的，我不会交给任何人。"

502号房间的门把手依然是坏的。

"是罗易斯，不然就是他的秘书弄坏的吧。"

"地图不一定还在旅馆。"

杜巴耶不理我，径自开门入内，旋即折回走廊。

"什么都没有，空的。"

杜巴耶走向隔壁的503号房间，也就是布朗尼的房间，但门锁着。他大吼，抬脚一踢，门板发出霹雳声，朝室内倒下。他踩过门板进去，那模样简直像怪物。瞥见堆放的行李箱，杜巴耶熟练地撬开锁，把东西全倒出来。

"我去隔壁。"

我留下这句话，离开503号房间。我决定交给杜巴耶处理。刚发生那么悲惨的事，我想找个地方坐着整理思绪。

我走向502号房间。行李箱会被移到隔壁，是门锁坏掉了的缘故吧。我靠近罗易斯打毛线时坐的椅子，摸摸椅背，上面仿佛仍残留着他的体温。我坐在床上，想起端来蛋糕的布朗尼。

在这里度过的时光,恍若虚假的幸福。

隔壁传来翻箱倒柜的声响。天气晴朗,窗外的鸟儿啼叫。灰尘在空中飘舞,闪闪发光,平静的时间缓缓流过。如果广场上的遭遇是一场梦就好了,我躺在床上想着。众人冰冷的视线在脑中挥之不去,挚友唾骂的那一句"可恶的移民",深深刺进我的胸口。

砰!隔壁冷不防传来一道清脆的巨响,听起来像鞭炮声。翻箱倒柜的噪声顿时消失,我随即站起,冲出房门。

到503号房间一看,行李箱里的物品散落一地,一个穿西装的彪形大汉伫立在中央,是甘纳许警长。

"这只猴子是你的朋友?"

他用脚尖踢了踢杜巴耶。杜巴耶一动也不动,地板上流满红色的液体。

"林兹,说话啊!"

指挥大批警察需要魁梧的体格吗?甘纳许警长的头几乎快顶到天花板,在他的注视下,我不禁怯缩。

他握着手枪,那是一把黑色的自动手枪。

"太过分了,甘纳许先生……"

手枪前端开着黑色的洞,洞口有指头那么粗。每当那里发射一颗金属球,就会有一个人从世上消失。咻——小球飞出;砰——人生结束。非常简单,解决事情的速度比巧克力在口中融化的还快。

"我就在奇怪怎么会这么吵,原来如此。喏,地图在这里。"

甘纳许从外套暗袋取出折叠的纸片。

"不劳你们来偷,地图我早就要走了……"

他哼了一声,露出一副索然无趣的样子。

"这是假货,毫无价值,必须让你这么认定才行。不然最后没把地图交给搜查总部,你会产生怀疑吧?"

"不交给搜查总部?"

"这张地图的存在,只要我、罗易斯和布朗尼知道就好。"

"我懂了,你们的目标是失窃的宝物。你们想占为己有!"

"那些宝物没必要还给贪婪的有钱人。"

"大家都相信罗易斯会逮捕怪盗啊!正义的一方会逮捕坏蛋,我们也才能努力生活,你们却……"

甘纳许警长收起地图,重新握好手枪。

"怪盗?怪盗当然会被抓起来。我们得查出是谁画了这张地图，把他葬送在黑暗中。"

"咦？"

"换句话说，怪盗由我们扮演就足够了。万一你们四处造谣可不妙，比方侦探掠夺失窃的宝物之类的。从现在起，我要赶紧学习怎么演戏。毕竟怪盗消失后，我们得继续假装追捕他……"

"那就是正义吗？"

"是混沌。等你再长大一点，便会了解。不过很遗憾，那一天永远不会到来。"

甘纳许把枪口对准我。那黑色的洞穴盯住我。

"我做了不该做的事……"

"你发现了天大的秘密。放任你到处乱说，国家会陷入混乱。"

枪口深处静静等待发射的子弹，在黑暗中虎视眈眈。

"这是谁的主意？"

"当然是罗易斯。那家伙非常聪明。"

深信不疑的事物被摧毁得片甲不留。甘纳许警长的食指扣上扳机，我觉得自己死定了。这时，甘纳许警长的身体忽然一扭，枪口偏离，砰的一声在墙上打出一个洞。空弹壳从枪身弹出,掉落在地。甘纳许警长呻吟着,杜巴耶抱住他的腰。杜巴耶好像没死,可他左肩全是血。他发出野狼般的吼叫,是不成话语的野兽的嚎叫。甘纳许警长倒向地板,背上插着一把刀子,那是几天前布朗尼为大家切蛋糕的刀子,原本应该收在杜巴耶翻覆的行李箱里。杜巴耶假装动弹不得,偷偷捡起刀子。砰!枪声再度响起。甘纳许警长侧身开了最后一枪,子弹没命中任何人,而是将窗玻璃击出蜘蛛网状的裂痕。咔啦一声,空弹壳滚落。甘纳许警长的庞然巨躯安静下来,双目圆睁地瞪着天花板,眼皮停止眨动。

杜巴耶按着肩膀站起来,大口喘气。他探进甘纳许警长的外套暗袋,取出地图查看。

"这就是地图吗?看来不是随便的一张纸,不然他们不会千方百计想弄到手。"杜巴耶把地图塞进长裤口袋。他跨过甘纳许警长,捡起手枪,然后摸索警长的外套,抽出钱包,看也不看尸体一眼。他的神情不见一丝惊慌,剧烈的呼吸旋即平复,甚至已理顺凌乱的头发。杜巴耶对着墙上的镜子包扎肩伤,渗透到衣服的鲜血面积扩大。"我第一次杀人,没有任何疑惑,反倒觉得畅快极了。"他俯视瘫坐在地的我,高贵的脸庞浮现近乎神圣的微笑。西斜的阳光射进窗户,倾注在他被血浸透的身上及倒地的尸体上。我快要昏倒了,只能拼命撑住。墙面的洞,原本应该开在我额头。

"别误会,我不是要救你,纯粹是讨厌这家伙。"

罗易斯和布朗尼很快就会回来,我们连忙逃离旅馆。

"你完了……"

杜巴耶的同伙一脸不知所措。

"喂,小心你的嘴巴。"

杜巴耶低吼,三个同伙缩起脖子,但没听从他的话。

"不管怎样,杀人就完了。我们不能帮你逃亡。"

"我们不能再跟随你了。"

"何况,罗易斯怎么可能做出那种事,实在难以置信……"

杜巴耶的同伙露出怯懦的表情。夕阳下,镇郊的废墟一片赤红。我们抵达前,三名少年似乎在玩拿石头丢掷空罐的游戏,他们都还握着石头,墙边摆着一排空罐。

"你们是傻子吗？前往地图标记的地点，或许就能找到怪盗偷走的宝物。你们不想要数不尽的钱吗？当然想要嘛！"

杜巴耶亮出地图。他的同伙流露畏惧的神色，频频瞄向杜巴耶肩膀上的血。我靠着墙旁观。

"谁晓得你的话是真是假？即使真的有财宝，警方也会马上来追捕你吧？"

"我们不敢违抗你……但也没办法继续跟随你。"

杜巴耶的三个同伙丢掉石头，互望一眼，点点头，转身离去。

"站住！"

杜巴耶大喊，但他们没停下脚步。杜巴耶冲上前，抓住一个同伙，揪着他的衣领抡起拳头。另外两个同伙怕得闭上眼。

"可恶！不要让我再看到你们！"

杜巴耶放下拳头，推开同伙，他们立刻逃之夭夭。废墟内只剩下杜巴耶和我。

"你不会去投案吧？"我问。

"我要逃亡，然后寻找地图标示的地点。"杜巴耶朝三人消失的方向啐一口。废墟角落有自来水管，杜巴耶扭开水龙头,脱下衬衫,清洗肩伤。幸好子弹没打中骨头,直接穿透。肩膀前后都开了洞,渗出一抹红。我想起甘纳许警长的尸体,不禁作呕。眼前的人杀了人,原本我就认为他很残忍,而他终于沦为杀人凶手。可是,这并非与我无关。他说不是要救我,可我仍觉得被他救了一命。我走到他旁边站定。

"我跟你一起走。"

"用不着矮冬瓜帮忙。"

"那张地图是我的,可是你不肯还给我吧?"

况且,我也想看看那地方究竟有何玄机。

"随便你。"

杜巴耶穿上衣服。

"回家收拾,把你妈的钱全部偷来,三十分钟后在车站会合。"

他可能会带着地图独自逃走,不过我只能相信他。我和杜巴耶在废墟道别后,冲回家里。我经过有轨电车车站,再经过每天早上都会向母亲打招呼的花店前,没有警方出动搜索的迹象,甘纳许警长的尸体还没被发现吗?没人听到枪声报警吗?罗易斯和布朗尼尚未返回旅馆吗?

我跑上公寓楼梯，抓起衣物塞进包里。瞥见摆在枕边的《圣经》，父亲心血来潮买的这本书是一切的开端，所以我一并放入。杜巴耶让我偷母亲的钱，可是我们家没有多余的钱，我带上送面包获得的报酬。餐具柜里摆着我们的全家福照片，那是摩洛索夫先生用相机拍的。照片中，父亲、母亲和我一起笑着。直到前天，这张照片都不见踪影，母亲发现它掉在柜子与墙壁的缝隙了。

照片上有父亲写的一句话：

"林兹、梅莉、德梅尔，三个人过着幸福快乐的日子。"

比我更需要这张照片的人将独自留在这里，于是我决定不带走照片。离开公寓，前往车站的途中，我碰到母亲。她提着购物篮，长长的面包从篮子里跑出来。外头路灯亮起，几扇窗户透出光亮，想必是家人围着餐桌在吃晚饭吧。

"你要去哪里？"母亲问。

"去散个步。"

我注视着母亲。生下我、养育我的母亲，表情永远那么温柔。我从没想过要和母亲分开，甚至没留下一张字条给她。

"或许会有人来找我,但不用担心。"

"什么意思?"

"对了,听说名侦探来到镇上了。"

"啊,嗯,我知道。"

"妈妈果然没兴趣。"

"你会在晚饭前回来吗?"

"妈妈先吃吧。"

请让我和母亲再次相聚,我在心中祈祷。我留下母亲,继续奔跑。车站前面有警察,但不像在找人。我进入车站,四下张望,发现杜巴耶站在售票口。他大概回家换过衣服,身上穿着新衬衫,可是看不出妥善治疗过,似乎只用绷带粗鲁地包扎了一下,防止血渗出来。

"要买到哪里的车票?"

杜巴耶走过来,他只带了一个麻袋。

"不知道,去乡下吧。"

他吐出一口气,脸色有些苍白。

"你是不是应该去医院?"

"没那种时间。"

"欸,要不要到利奥尼达斯车站看看?"

"你有认识的人?"

"我爷爷住在那里。"

买完车票,我们通过检票口。火车早在站台等候,我们连忙冲上去。好久没搭火车离开城镇了。父亲曾带我到首都,但那已是遥远的往昔。

我们并肩坐下。从车窗可望见站台,我总觉得警察随时会出现,跳上车搜捕我们。为了甩掉不安,我想着父亲的点点滴滴。打扫车站的父亲,在旅客眼中就像障碍物一样吧。

列车员吹起哨子,火车关上门。没有警察追来,我松了口气。列车驶入黑夜,逐渐加速,家家户户的灯火都在向后流逝。很快地,我就要和这座城镇道别了。

"你和爸妈道别了吗?"

"我没有爸妈。"

"听说你有贵族血统,是不是真的?"

"不准随便跟我讲话,小心我把你的舌头钉住。"

我吓得闭上嘴。不该随便搭话的,他是杀人也毫无罪恶感的种族歧视者。在他眼中,我不过是一只畜生。随着列车摇晃,我努力压抑心头涌起的不安与恐惧。铁路横贯这个国家,祖父居住的利奥尼达斯镇位于边境。抵达之前,我得坐在杜巴耶身旁两小时左右。列车顺畅前进,列车员验过票后,我和杜巴耶便没再交谈。

咔嗒、咔嗒,在列车的摇晃声中,冒出咚的一声,似乎是坚硬的物品掉落。只见一把手枪掉在杜巴耶脚边,他约莫是从旅馆拿走了甘纳许警长的手枪。万一别的乘客看到可不妙。

"杜巴耶,枪掉了……"

我怯怯地轻声告知,可是杜巴耶没反应。不知何时,他已昏过去。

父亲的故乡

仓库里充满稻草和泥泞的气味,是生长在城镇的我不熟悉的味道。我差点呛到,却莫名心生怀念,或许是体内的血液记得稻草和泥泞的气味。仓库深处有座木梯,二楼是储藏室。罩着一层灰的杂物之间有张床,杜巴耶坐在上面。

"你什么时候醒的?!"

早上还昏迷不醒的杜巴耶,看着治疗过的肩膀,子弹贯穿的伤口已缝合。治疗时,我们剪开衬衫,所以他裸着上半身。东张西望后,他问:

"我躺了几天?"

"两天,你在火车上昏倒了。"

"这是哪里?你老头的家?"

"亏你看得出来。"

"怎么看不出来?整个都是猪臊味,跟你一样。"

我有点后悔，或许不该帮他治疗，让他直接死掉才是造福社会。

"我肚子饿。"

杜巴耶走到仓库一楼。外面是一望无际的平原，除了仓库、主屋与一辆小卡车，别无他物。可是，他看也不看壮丽的景色，一把打开主屋的门，没打招呼就闯了进去，大步穿过走廊。

"等一下，这不是你家啊！"

我追在后头。杜巴耶用手指挖着耳朵，逐一打开客厅和厕所门窥探。经过厨房时，一道沙哑的话声喊住他：

"我们费了好大一番工夫，才把你从车站搬回来。"

杜巴耶停下脚步，瞪着走出厨房的老人。

"你是谁啊？"

"那孩子的祖父。"祖父低头看着杜巴耶回答。

"我在车站打电话给爷爷，请他来接我们。"我解释道。之前母亲提起祖父家的电话号码，我当场就抄在了笔记本上。

"是你帮我缝伤口的吗？"

杜巴耶不太高兴地问祖父。

"我有个医生朋友。"

祖父比杜巴耶高,瘦得像根铁丝,腰杆依旧直挺,白胡须覆盖脸的下半部。杜巴耶盯着设有两个流理台的厨房,继续问:

"手枪在哪里?还给我。"

"我丢了。"

"少开玩笑,小心我扯掉你的胡子。"

难以置信的是,杜巴耶真的扑上前,一把揪住祖父的胡子。忽然,他的身体摇晃起来,颓靠在走廊墙上,似乎感到头晕目眩。

"好像没完全恢复,去躺下吧。"

"真啰唆,臭老头……可恶!"

杜巴耶咬牙切齿,在厨房的椅子上坐下。

"给我吃的!拿吃的来!"

祖父理顺乱掉的胡须,耸耸肩,瞥我一眼。

祖父到厨房切面包,他的手看起来坚硬得像石头。屋内没有任何装饰,自从祖母逝世,我父亲离家后,祖父在这个家独居了十年以上。打电话给祖父前,我只在父亲葬礼那天和祖父说过话。两天之间,我们也没有任何像样的交流。我仅仅简单解释杜巴耶受了伤,以及警方追捕我们的理由。我担心祖父把我们交给警察,但他并未那么做。只因我是他的孙子,他就毫无条件地相信几乎没说过话的我吗?坦白讲,我不懂祖父的想法。

祖父留下在厨房吃饭的杜巴耶,兀自忙起农活,我跟着祖父帮忙。祖父搬出石臼,在仓库一楼磨小麦。石臼是直径约四十厘米的石制圆盘,上下两块叠在一起。石盘上有一根木棒,得抓住它逆时针旋转。上方的石盘有个小洞,可倒入小麦。上下石盘磨碎后,小麦会变成粉状掉出缝隙。磨完粉,祖父开小卡车前往镇上。不一会儿,他载回大量纸袋,里头装满牛奶和肉等食物。我替祖父把东西搬进主屋时,杜巴耶大声嚷嚷着,走下仓库二楼。

"喂,小鬼!你把地图藏在哪里了!"

"我叫林兹,不是小鬼!"

"啰唆!下次敢顶嘴,我就拿辣椒涂你的舌头,再用打火机点火烤!"

他眼尖地瞥见卡车副驾驶座上的报纸,大概是祖父在镇上买的。杜巴耶念起一篇报道:

"罗易斯停留的镇上发生命案——上面是这么写的欸!"

纸袋从我手中滑落,罐头滚过地面。

我们在祖父家迎接第四天早晨。冻霜覆盖草地,形成一片雪白。我把早餐的面包和汤送到仓库二楼，只见杜巴耶紧握歌帝梵的地图，睡得正熟，恐怕熬夜调查了地图上的城镇吧。从主屋拿来的地图集掉在地上，那是印着全国各区的地图集。杜巴耶对照两种地图，寻找相同的地形，想必如计算星星数目般辛苦。怪盗的地图没标示方位，也没附比例尺。要去标记的地点，便得找出这是哪个城镇的地图，接下来就能直接前往。可是，由于地图上没写出城镇的名称，我们迟迟无法启程。

"你最心爱的名侦探大人，似乎打算抢回地图。"看完祖父带回来的报纸，杜巴耶说道，"他没告诉记者地图被偷，应该也没告诉警方吧。很显然，他并未放弃财宝，所以不想让事情曝光。喂，小鬼，地图在哪里？"

"你要干吗？"

"这还用说？当然是抢在他们之前找到财宝。"

接下来，他就一直在比对地图。

中午，祖父开小卡车载我到镇上。我在镇上仅有的一家邮局寄信给母亲。

"不晓得妈妈会怎么想……"

"看完信，她就会放心了。详情你都写在信上了吧？"

"可是,她会相信我吗?或许妈妈也会觉得我是坏孩子……"

我们走进餐厅吃午饭。每个人碰到祖父,都会出声打招呼。

"最近过得怎样?"

"这孩子是……?"

"我朋友的孩子。朋友外出旅行,所以托我照顾。"

"我家二楼的窗户故障,能不能再麻烦你修理?"

"我会抽空过去的。"

吃饱饭,仍不断有人向祖父攀谈。我决定离开餐厅,在父亲的故乡走一走。小镇和车站同名,都叫利奥尼达斯。此地位于国界附近,一眼望去几乎都是农田和牧场,除了火车站旁的几家商店,其余全是原始的自然景观。走着走着,我踩到马粪。

"你不是这里的人!"木造车站建筑物前,一个小女孩朝我嚷嚷。那是个编着辫子、约莫十岁的小女孩。"可疑的家伙!"她拿放大镜观察我的脸,"根据我的推理,你来自都市。"

"你怎么知道?"

"这个镇上的小孩不会踩到马粪。"

"好敏锐的观察力。你是罗易斯的崇拜者吗?"

"他是我的英雄!"

"他才不是那么好的人。"

"不准你说罗易斯的坏话!我绝不原谅你!"

女孩捡石头丢我。

"可恶!"

我也拿石头丢回去。

"喂,住手!"祖父慌张地跑来制止我们。

他走到我身边,压低声音:

"现在不是做这种事的时候,得尽快离开……"

"给我道歉!"女孩尖着嗓子道。

"谬思①,怎么啦?"

祖父问女孩。谬思似乎是她的名字。

"他说罗易斯的坏话!"

"他在逗你,不是认真的。对吧?"

祖父征求我的附和。我垂下头,回答:"对,是逗你的。"

---

① MUSEE DU CHOCOLAT THEOBROMA,一九九九年土屋公二在东京富谷开的巧克力专卖店。

"母亲会相信你的。比起罗易斯的说辞,她当然会相信儿子的亲笔信。"

坐小卡车回家的路上,祖父安慰我。小卡车摇晃着,发出咔嗒咔嗒声。

"你的母亲来过这个城镇一次,当时你就在她的肚子里。"

"是跟爸爸一起来的吧?"

"不是。他与我吵架,一直没和好。你的母亲独自从车站走路到那个家。"

"挺着大肚子?"

"没错,她撑着阳伞。"

"你们谈了些什么?"

"她来报告结婚的消息。为了通知我,她和我的儿子结婚,千里迢迢来访。她是瞒着你父亲来的。"

小卡车弹开石块,继续前进。窗外看得到草原和牛,上方是万里无云的天空。当时母亲撑着阳伞,想必天空也一片蔚蓝,艳阳高照,让人睁不开眼吧。母亲怀着我,走过相同的路。摇摇晃晃的小卡车里,我拼命忍住眼泪。

"对了,刚刚在街上找你时,我和在派出所工作的朋友闲聊。他的桌上放着这么一张纸。"

祖父从口袋里取出一团纸，皱巴巴的，大概是急忙揣进口袋的缘故。我接过一看，上面印着我和杜巴耶的照片，约莫是把学校活动的照片放大而成的。

"是通缉照。你们是命案的重要关系人，全国警察都在搜捕你们……"

"为什么不是半熟的！不是要你煎到半熟就好嘛！"

吃晚饭时，杜巴耶忽然大叫。他把刀叉丢到地上，捏起切成两半的牛排，拿到祖父面前。牛排连中心都完全熟透了，喜欢半熟的杜巴耶非常不高兴。

"我道歉。这是我的习惯，我们家不吃没熟的肉。因为我们信仰的宗教如此规定。"祖父放下刀叉解释。

"可恶！居然连半熟牛排都禁止！"

"这很重要，是我们民族自古以来的传统。整个民族都遵循这样的规范生活，即使分散世界各地，我们也不会忘记自己是民族的一分子。"

"受不了！我要一个人吃。"

杜巴耶拿着面包和汤盘，起身离开厨房。天花板悬挂的灯泡，照得室内一片昏黄。户外黑漆漆的，受灯光引诱的飞虫不停地碰撞玻璃窗。

"那家伙根本不把我们移民当人看。"

"都是这样的。"

"爷爷,我们在家里也会吃半熟的牛排……"

父亲在世时,家里还有吃牛排的经济能力,只是次数不多。但我并未从父母身上习得祖父提及的传统。

"你父亲抛弃了民族的传统,和刚刚那孩子一样。他认为软弱的人才会有信仰。"

"可是,爸爸过世前,买了《圣经》给我。"

祖父露出惊讶的表情。

"我没提过吗?就是藏有地图的那本。"

我把和杜巴耶逃亡的来龙去脉简单告诉祖父,但没谈到是怎么发现地图的。

"爸爸在地摊买了胡椒粉和这本《圣经》给我,说今后应该会用上。地图就藏在《圣经》的皮革封面里。"

"那本《圣经》是什么样子的?"

"是《创世记》。"

祖父闭上眼,像在凝视内心深处。

"那小子在死前终于痛改前非了吗……"

后来祖父的心情便转好,原本如岩石般的表情稍稍缓和。祖父问了我许多问题，比方跟父母过着怎样的生活，在学校都玩什么游戏。而我也关心起祖父的日常起居，住得离镇上那么远，不会不方便吗？身为移民，有没有受到歧视？祖父告诉我的事情里，关于祖母的部分最有趣。据说祖母十分慈祥，会为父亲唱摇篮曲。父亲小时候，没听到祖母的摇篮曲就睡不着。原来父亲也有这样的过去，我不禁莞尔。

"当时我们住在邻国的小镇。带着你父亲搬到这座城镇时，他差不多就是你这个年纪。"

"以前住的地方也这么宽阔吗？"

"那个小镇位于幽静的山谷，可惜已不复存在，战火将故乡化为焦土。遭受波及前，我们越过国境逃到此处。途中经过战场，你奶奶吸入黑色的灰烬，喉咙坏了，无法再唱摇篮曲。所以，你的父亲总是睡眠不足。搬来这个家的第五年，你的奶奶便去世了。"

黑暗中飞来一只虫，咚的一声撞上玻璃窗。

"奶奶的摇篮曲是怎样的歌？"

"是故乡自古流传的歌曲。每次听见都十分怀念，可惜我已忘记歌词……"

祖父一脸遗憾。吃完饭，我有些困倦。虽然在意杜巴耶的状况,我还是回到父亲的房间,躺在床上。我睡在父亲以前的房间。直到现在,我仍无法忘怀三天前初次踏进这房间的奇妙感觉。

家具蒙上一层灰,但一切保留原状。看来,父亲年轻时就喜欢沿路捡些奇怪的东西收藏,房里摆着马蹄铁、用途不明的金属片、一团铁丝、土产娃娃,等等。书桌抽屉里存放着大量信件,父亲似乎有个笔友。书架上塞满小说,去都市前的父亲显然是个爱书人。我仰望天花板心想:父亲二十岁离家,在我出生的几年前,他都睡在这张床上;而后,他携带一只皮包跳上火车,搬到另一座城镇,认识了母亲。

我从包里掏出那本《圣经》,随手翻页,却不想阅读细小的文字符串。渐渐地,一种舒适的感觉包围着我,于是我把《圣经》搁到枕边。

我梦见国境化为焦土的故乡。少年躺在床上,一名妇人在他耳畔唱着那块土地流传的摇篮曲。

那是细语呢喃般的歌声。少年一脸安详,发出沉沉的呼吸声,进入梦乡。歌声越过烟雾笼罩的大地,升上纯白色的天空。

隔天早上,一声少女的尖叫惊醒我。

"救命!"

我从床铺上爬起来,迷迷糊糊地东张西望。起先,我以为是心理作用,脑袋又靠上枕头,想继续睡回笼觉。

"来人啊,救命!"

户外响起一阵呼喊。我跳下床,冲出房间,在走廊碰到一样穿着睡衣的祖父。

"有没有听到尖叫声?"

"是外面传来的。"

语毕,祖父跑出玄关。我跟着来到庭院,朝阳十分刺眼。仓库发出疑似木箱倒塌的声响,我与祖父对望一眼,赶紧打开门,果然看见杜巴耶和少女。

"谬思!"

祖父大喊。那是昨天在镇上朝我丢石头的女孩,杜巴耶双手架住她。

"这家伙鬼鬼祟祟,在屋子附近晃来晃去!"

杜巴耶气愤道。名叫谬思的女孩又踢又踹,试图挣脱。

"我读过报道,还看到了通缉照!你们杀人逃逸!"

"谬思,不是的,你误会了……"祖父有些不知所措。

"不,不是误会,你猜得没错。"

谬思拳头乱挥,打到杜巴耶的左肩。他皱起眉,放开谬思。

"唉,运气真差……"杜巴耶按着肩膀低喃。

"做坏事的人一定会遭到报应!罗易斯马上就会来教训你们!"

"我是说你,倒霉的小妹妹。"

杜巴耶从堆放在墙边的农具里抽出除草用的镰刀。谬思回头,杜巴耶喊着"去死!"便挥砍下去。谬思没尖叫,由于太过突然,她一脸迷茫,搞不清状况。飞溅的鲜血喷到她脸上。

"臭老头,少碍事!"

杜巴耶瞪着祖父,祖父的右臂为谬思挡下一刀。杜巴耶抽回镰刀,血不停滴落在谬思脚下。大量鲜血从祖父右臂汩汩流出,祖父反瞪杜巴耶。谬思尖叫着冲出仓库。

"小鬼,快追!"

杜巴耶大喊,我条件反射似的拔腿就跑,却在仓库门口回神,停下脚步。谬思的身影消失在通往镇上的路上。

"搞什么，快追啊！"

杜巴耶盯着祖父嚷嚷，我摇头。

"你要我去堵住那女孩的嘴？"

"追上去，勒断她的脖子，非常简单。"

"太荒唐了。"

"这样才对，你做出了正确的选择。"

祖父看着我点点头，按住受伤的手臂。

"两个孬种，你们是果冻做的吗？"

杜巴耶扔开镰刀。

"她马上就会去报警，我要离开。地图我带走了。"

杜巴耶爬上仓库楼梯，收拾行李。他粗鲁的动作震得天花板洒下灰尘。祖父被砍到见骨，伤势严重。杜巴耶是认真的，要是祖父没阻挡，女孩早就没命了。

"撑得住吗？我打电话叫医生。"

"你呢？要跟着他离开吗？"

"那家伙差劲透顶，但我还是会和他一起走。"

祖父脸上的皱纹变深，神情相当严峻。

"或许我应该把你们交给警察，可是我决定救你，即使你谎话连篇。"

"因为我是爸爸的儿子吗？"

祖父没回答，看着我说：

"你没追赶谬思，应该为自己感到骄傲。"

回到主屋，祖父打电话给朋友，就是几天前为杜巴耶治疗肩伤的医生。他在镇上开诊所，是祖父的酒友。趁祖父通话时，我找来一根绳子，用力绑住他的手臂止血。

"别担心，他十分钟后就到。"

祖父放下话筒。门被打开，杜巴耶走了进来。

"车子我要了，车钥匙在哪里？"

杜巴耶没经过祖父同意就打开柜子，拿出面包和罐头，塞进他带来的麻袋。

"你会开车？"我问。

"跟自行车一样啦。"杜巴耶应道。

他在桌上找到车钥匙，一把抓走。然后，他回望一脸苦涩的祖父，吐出令人难以置信的话：

"伤口会痛吗？一定很痛吧。你居然用手挡。真是的，你这老头了不起。"

语毕，杜巴耶便转身离去。我和祖父呆呆地望着他没关的门。

"他居然会称赞别人！"

"实在搞不懂。"

祖父摇摇头。我们愣在原地,外头传来杜巴耶的呼唤:

"慢吞吞的迟钝鬼!你收拾好了没?我要丢下你了!"

我回到父亲房间,抓起包,走出主屋。由于太慌张,甚至没确认包里装了些什么。

我们从祖父家出发,由杜巴耶开车。不知何时,天空乌云密布。最后,这天我们又不得不重返祖父家。

与侦探重逢

我们沿着国境北上,离开利奥尼达斯镇,进入另一地区。不知不觉间,天空下起了雨,雨刷在眼前不停摆动。四小时后,我发现忘记拿一样东西。

杜巴耶把车停在路边,准备吃午餐。熄火后,滴落在车顶的雨在车内发出回响。这么长的车程,他肯定也累了吧。杜巴耶伸懒腰,揉揉眼。他和我只差一岁,却会开车。我猜是跟比他大的不良少年学的。

杜巴耶从麻袋里取出面包塞进嘴里。我一直盯着他,希望他分我一点。可惜,杜巴耶没有与人分享的观念。不仅如此,他还瞥了我一眼,露出怜悯的眼神说:"对照你爷爷,你真是胆小的矮冬瓜。听到我的命令,你原本要去追那个小鬼吧?实在无语。你就是随波逐流的人。"

杜巴耶边吃边说,面包屑不断掉出嘴巴。

"你损人的话我听够了!不过,你居然称赞我爷爷,好意外。"

"我很尊敬长辈的,对长辈当然要敬重。"

我不禁怀疑自己听错了。明明在祖父家那样为所欲为,他居然说自己敬重长辈?何况,他还踢了罗易斯变装的老人。然而,他不像在开玩笑。

"我祖父是军人,而且是有勋章的英雄。他曾背着受伤的同袍,穿越枪林弹雨的平原,也射杀过许多敌人。"

"砰!砰!砰!"杜巴耶举起吃到一半的长面包,模仿开枪的声响。

"我有祖父的血统,跟你这种低贱的移民不一样。我身上流的是高贵纯粹的血。"

"你很喜欢自己的血统?"

"当然,我的血统比你的优秀几百倍。小鬼,要是你敢违抗我,我绝不饶你。"

杜巴耶从麻袋里取出地图。他的头发完全没有修剪,衣服也十分破旧,开着许多洞。可是,那高挺的鼻梁和眼睛的形状,散发出不寻常的高贵气质。他的头发是淡金色，像一匹浑身泥泞的白马。好好打理外表，他甚至会像一国的王子吧。

"地图上没有'GODIVA'的署名，但卡片上有吗？"杜巴耶盯着地图问。

"嗯，我看过一次真的卡片，确实有署名，但地图上找不到。

"不过，地图背面画有风车磨坊，及《圣经》的一行文字：神说要有光，就有了光。"

杜巴耶专心思考，我没吵他。

"喂，那本《圣经》拿来。"杜巴耶命令道。

"《圣经》？"

"你爸买的《圣经》。你不是带来了吗？"

我翻找皮包。"昨天爷爷听到父亲买《圣经》给我，非常惊讶。原来父亲以前是不信教的……咦？"

不管怎么翻，皮包里都找不到。我想起昨天入睡前，拿出来后就放在枕边没收起来。

"可能落在家里了……"

杜巴耶掐住我的脖子。

"你居然没随身携带？我宰了你这个大白痴！喂，回去你爷爷家，没有它不行。这张地图和那本书应该是一套，不然怎么会写着《圣经》的句子？"

"……所以我们回来了。"

我解释完毕。祖父泡着热茶，听得目瞪口呆。我不在时，医生来帮祖父治疗过，他的右臂包着绷带。

"这座城镇非常危险，你明白吗？搞不好谬思早就报警了。"

我拿毛巾擦着湿掉的头发。刚刚在大雨中跳下小卡车冲进玄关，顿时淋成落汤鸡。

"我没办法违抗他啊。如果我反对，他一定会像丢垃圾那样，把我推出车子。"

到父亲的房间一看，杜巴耶坐在床上。一回到祖父家，他就直接走进父亲房间，默默研究起《圣经》。我和祖父没打扰他，在厨房等待。

我和祖父静静听着远方的雷鸣。

"好想跟妈妈和爷爷三个人一起坐在这张桌子旁。"我喝着热茶，有感而发。

"不久的将来一定会实现。"

"在车上时，我想起爷爷告诉我的有关爸爸和奶奶的故事……"

我捧着杯子，不断冒出的蒸汽抚过脸颊和鼻头，十分温暖。阵阵白烟在眼前扩散。据说，祖父母为了逃离战争来到这片土地。那个时候许多人都是如此，所以被称为移民，受这个国家的人排斥。然而，我们回不去故乡。祖父母的故乡化为灰烬消失不见，其他国家的人们建立起新城镇，那里已变成别人的土地。我们只能在这块土地上不断流离彷徨。

我吐着气，吹散白烟。祖父坐在椅子上，温柔地注视我。几天前，刚来到这个家时我没发现，其实祖父的眼睛和父亲一模一样。

"我像爸爸吗？"

"跟他小时候一模一样。"

"那我跟爷爷也很像喽？"

"当然。"

咚咚咚，有人敲门。雨势忽然变大，我和祖父回望玄关，居然在这样的大雨中上门，肯定不是一般访客。

"你在这里等着。"

祖父起身走向玄关。我关掉厨房电灯，探出走廊观望。走廊里一片浓浓的黑暗，对方应该看不见我。

"哪位？"

祖父开门,玄关外站着人。

"抱歉在夜里打扰。我是警察,有事想请教。"来访者在电灯下现身。对方留着小胡子,身材像皮球般浑圆。虽然早就预想到,我仍忍不住倒抽一口气。访客是布朗尼。"我们接获通报,说这里藏匿了两名少年。"

"少年?你是指那些孩子吗?他们今早还借住在仓库里,像是在自助旅行,但已离开。好了,请回吧,别打扰我看推理小说。站在这么冷的地方,我受伤的右手会痛。"

祖父刚要关上门,布朗尼慌忙把身体挤进门缝。

"我有其他问题……"

布朗尼急道。这一瞬间,天空大亮,落雷似乎打在附近。强光从门缝射进来。我不禁闭上眼,紧接着是一声撼动天空的巨响。

"啊!"

布朗尼指着我大叫。闪电驱逐黑暗,他看见我的身影。

祖父反应极快,没受伤的手揪住布朗尼的衣领,把他拖进屋里,然后推到走廊,关上门。布朗尼拼命想爬起来,瞄到环臂挡在门前的祖父,发出窝囊的叫声:

"噫，不要打我！"

"你是什么人？我知道你不是这个镇上的警察。"

"他是罗易斯的秘书，骗我的那伙人之一。"我站在布朗尼后面说道。

"求求你，不要打我。不要对我动粗！"布朗尼掉下眼泪。

"谁会揍你？放心吧。"祖父露出受不了的表情。

"真的吗？你会原谅我？"布朗尼追问。

"我才不原谅你！你为什么帮助坏人！"

我一生气，布朗尼便用粗胖的手指掩住脸。

"不要苛责我，罗易斯的命令是绝对的！如果我反抗他，不晓得会死得多难看……"

"放过他吧。"

大门外传来话声。有人站在外头，我和祖父戒备起来。

"他什么都不知道，脑子笨又胆小，只会照吩咐办事。倒是请让我进去吧。光是站在这里，就淋成落汤鸡了，跟我同行的女士会感冒的。"

我对那动人心弦的深邃声音有印象。祖父小心翼翼地开门一看，我再也不想见到的人就站在那里。

"罗易斯!"

一道闪电划过,四下充斥着炫目的白光。

"好久不见,林兹。"

罗易斯穿着在广场受访时的那套西装。

"我猜你应该十分想念这个人,所以也带她过来了。"

门外还有一个人。罗易斯仿佛置身宴会场地,牵起对方的手踏进屋内。

"我原本要逃走……"

母亲不知所措到极点。

"我刚刚和这孩子提到,我们三个人不久就能一起坐在餐桌旁,没想到这么快就实现了……"祖父开口。

"难得见面……"母亲低喃,夹杂着叹息。

我们被逼着在厨房的桌子旁坐下,幸好手脚自由。但坏心的名侦探警告,如果擅自起来走动,就不能保证我们的安全。

父亲的房间传来有人大闹、破坏东西的声响。

"我始终相信你是清白的。"

母亲从口袋中取出我寄的信。

"太好了，你读了信。"

"你这不是害我担心死了吗？也不写一下你在哪里。"

"我怎么能说出在爷爷家……"

母亲在警署接受讯问时，遭罗易斯他们绑架。罗易斯和布朗尼找上母亲，动用国家权力带走了她。

罗易斯和布朗尼从房间出来。杜巴耶怄气般地走在两人前面，罗易斯拿手枪抵着他的背。杜巴耶在椅子上坐定后，布朗尼松了口气似的摸摸肚子。他好像被杜巴耶整得很惨，脸上青一块儿紫一块儿。

"所有人都在这里了吧？"罗易斯的语气仿佛完成一件任务。他握着《圣经》与地图，继续道："真会找麻烦，你们是怎么看穿我们的计划的？"

"是我提点那边的小矮子，说蠢蛋侦探想偷走他的地图。你的计划破绽百出。"

"这样啊，原来是你。"

罗易斯走到杜巴耶背后，用手枪狠狠敲他的头。杜巴耶撞上桌子，一动也不动。他的耳后不停流出血，母亲不禁尖叫，布朗尼哈哈大笑。

"布朗尼，闭嘴！"

罗易斯一声令下，布朗尼吓得僵住，不敢吭声。罗易斯拎着手枪，来回踱步，踩得地板咔嗒作响。雷声平息，雨势还是一样大。居然满不在乎地痛打孩童，罗易斯让我感到害怕。每当他的鞋声靠近，经过身后，我就浑身紧绷。

"真是的，受不了……甘纳许警长被杀，我不怪你们，毕竟这样我和布朗尼就能分到更多。你们带走地图，一开始我也觉得无所谓，因为我早就拍下来了。"绕了几圈后，罗易斯停下脚步，举起《圣经》。

"我应该更早发现，不可能没有城镇的名字。我盯着地图的照片灵机一动，只要这么做，就能知道是哪座城镇。"

罗易斯翻开《圣经》，小心不让我们看到，将地图叠在第一页上。地图与《圣经》的大小完全相同。杜巴耶说得没错，地图和《圣经》是一套的。罗易斯也发现了这一点，才会追过来抢《圣经》。

"地图背面明示了应该叠在哪一页。'神说要有光，就有了光'，是《旧约》的开头，应该把地图叠在那一页。地图上有许多小洞，一开始我以为是虫蛀的洞，其实是故意制造出来的。只要把地图叠上去，就能透过小洞看到印刷的文字。将所有字母组合在一起，就是地图上城镇的名字。"罗易斯从口袋掏出记事本，振笔疾书，"只要知道是哪个城镇，便能进行下一步。"

"是哪个城镇？！"布朗尼问。

然而，罗易斯竖起食指，抵住嘴唇，一副坏心的表情。

"我不会在这里说的，他们听着呢。喂，那边的穷人，你们暂时待在这里。在我们找到财宝，安全逃到国外前，请你们不要离开。"

"为什么干这种卑鄙的事？"

我鼓起勇气开口。罗易斯看着记事本回答：

"早就告诉你了，我不是你们想象中的好人。可是我喜欢打毛线，这一点是真的，放心吧。"

"你的行为是犯罪。"祖父指责道。

"那些原本就是被偷的宝物，由我接收也无所谓吧？我常年为这个国家牺牲奉献，拿点谢礼并不过分。"

"我一直以为你是好人，报纸上都这么写，但原来不是。这几天，听到我孙子的遭遇，我也有了一些想法。"罗易斯闻言，望向祖父，将记事本收进口袋，祖父继续道，"我翻查过去的报纸，发现一件事。怪盗行窃的对象，全是靠战争致富的暴发户，但记者怎么都没写出他们是武器商人？因为政府堵住了记者的嘴巴。而操纵政府的，想必是那些大发战争财的家伙。怪盗歌帝梵本该是穷人的英雄，是不是有人害怕他变成英雄？"

"布朗尼，那位老爷爷的椅子快坏掉了。"

罗易斯站在祖父的后面说。

"咦，哪里？"

布朗尼望着祖父的椅子问。

"喏，你仔细看，那张椅子摇摇欲坠。"

罗易斯举起手枪，母亲不禁屏住呼吸。祖父接着道：

"你是不是国家塑造出的角色？避免怪盗歌帝梵成为英雄的必要角色。罗易斯先生，其实你根本不想抓到怪盗吧？一旦怪盗歌帝梵落网，就不需要你这个侦探了。那么一来，你也会失去国家的后盾。届时，把你捧成英雄的记者，还会继续吹捧你吗？最后，你只剩下消失的命运。因而，无论如何你都得隐瞒那张地图的存在——为了让怪盗永远不会落网，为了让财宝不会被发现。你为了永远保有名侦探的头衔，才会偷走我孙子的地图。"

滂沱大雨中，响起火药爆炸声。一瞬间，罗易斯似乎射穿祖父的膝盖。

"爸！"

母亲尖叫。祖父连同椅子倒在地上，我和母亲跑到他身边。

"梅莉，冷静点。子弹不偏不倚，只射断椅腿。"

祖父只是因为椅腿断掉，失去平衡摔倒了。他呻吟着，很快又站了起来。

"你太狠毒了！"母亲愤怒地责备罗易斯，罗易斯仍握着手枪，但母亲毫不畏惧，"你真是差劲透顶的人渣！欺瞒民众的大骗子！"

罗易斯把枪抵在母亲的心口，母亲毫不理会，朝罗易斯逼近一步。不一会儿，罗易斯为母亲的气势震慑，缓缓后退。

"谁让他胡说八道。"罗易斯疲惫似的叹气，终于收起手枪。他形同被母亲逼到墙边。"出发了。"罗易斯命令布朗尼，然后抓着愤愤不平的母亲的手腕，慢慢拉过她，吻上去。在场所有人，包括母亲在内，顿时愣住了。

"别想追上来，否则人质就会没命。我不会手下留情。"

虽然被母亲甩了一记耳光，又流着鼻血，罗易斯仍强带母亲离开。

雨势停歇,父亲的房间传来野兽般的呻吟。经过治疗,躺在床上的杜巴耶恢复清醒。

"你最好继续躺着。"我劝道。

杜巴耶紧皱眉头,望着探看室内的我和祖父。

"喂,怎么只有小鬼和老头?"

他撑起上半身,摸摸头。先前祖父帮他受伤的头贴过药布,并包上了绷带。

"如果你想问的是罗易斯和布朗尼,他们一小时前带着我母亲走了。说是要去地图标记的地点。"

我告诉杜巴耶他昏迷期间发生的事。罗易斯会放我母亲平安回来吗?我非常担心,却不晓得从哪里找起。地图和《圣经》都被抢走了,无法得知他们前往何处。我们只能在这个家等待。

"他威胁我们,要是报警就会杀死这孩子的母亲。明明就算报警,也不会有人相信。"祖父的眉头挤出皱纹。

杜巴耶起身,摇摇晃晃地走出主屋,靠近停在户外的小卡车。东方还没有亮光,乌云不知不觉消失了,月亮与星星浮现在夜空。杜巴耶凑向轮胎一看,大叫:

"轮胎被刺破了!喂,老头,没有备胎吗?!"

"在仓库。"

"快换新轮胎!"

"我只有一只手,没办法。"

"臭老头!干吗在这时候受伤!"

"不就是你砍伤的嘛!"

"我帮你啦!赶紧换轮胎!"

罗易斯他们似乎拿刀子刺破了轮胎,防止我们追上。我和杜巴耶依照祖父的指示更换轮胎。我们用起重机撑起小卡车,取下被刺破的轮胎,再换上备胎。小卡车沾满飞溅的泥巴,脏兮兮的。约莫是在雨中疾驶时溅起泥泞的关系。我们在灯光下作业。

"就算换了轮胎,我们要去哪里呢?"

我边问杜巴耶,边拿扳手拧紧螺栓。

"当然是去追他们。"

杜巴耶拆下第四个轮胎。

"又不晓得他们的目的地……"

"老爷爷,你听过维塔默①镇吗?"

---

① Wittamer,一九一〇年创立的比利时巧克力品牌,以供应王室的巧克力闻名。

杜巴耶问祖父。祖父单手操作着起重机。

"往东走，车程约半天。那里有一家啤酒很棒的店。"

"半天，意外地近嘛。"

"那个城镇怎么了？"

"把地图叠在《圣经》上，可透过虫蛀的洞看到文字。将文字按顺序组合在一起，便是'W-I-T-T-A-M-E-R'，维塔默。"

我和祖父面面相觑。原来在罗易斯他们过来前，杜巴耶就已经发现了地图的玄机。

"你假装没发现吗？"

"我才没有，是他们突然动手揍人。混账，我还以为耳朵被削掉了。我要追上那家伙，让他下地狱。老头不要跟来，伤兵只会碍手碍脚。小鬼你呢？"

"我要去救妈妈！"

换完轮胎，杜巴耶做好重新出发的准备，坐上小卡车。我在玄关与祖父简短道别。

"我去救妈妈回来。"

"你们还是小孩子，有必要像这样冒险犯难吗？"

"没办法啊，别人不会相信。对了，我得上个厕所……"

"快去吧。"

"能不能帮我看着杜巴耶,别让他跑掉?"

"好。"

祖父走近小卡车。确定他盯着杜巴耶,我才前往厕所。打开冲水马桶的水箱,里面沉着一个塑料袋包裹的物品。我伸手拿起,感觉沉甸甸的。袋内装的是用布包起来的黑色自动手枪,也就是杜巴耶从甘纳许警长身上抢来的手枪。抵达这个家的晚上,我偷看到祖父把枪藏在厕所水箱。

当我坐上小卡车时,不出所料,杜巴耶早就等得不耐烦了。

"垃圾!拖拖拉拉!"杜巴耶边骂边发动引擎。一脸担忧的祖父,身影在后方变得越来越小。我紧紧抱住皮包,手枪冰冷的重量压在膝上。

第四章

地图上的城镇

杜巴耶不眠不休地开车。不知不觉间,他冒出黑眼圈。一看就知道他很疲惫。

"要不要停车休息一下?"

"吵死了,矮冬瓜!"

他不时会骂着"烦啦,臭脚丫小鬼"或"这个拇指外翻鬼",所以即使车子摇摇晃晃地开到对向车道,我也决定乖乖坐在副驾驶座,不再多嘴。

中午过后,我们抵达维塔默镇。经过山顶时,我们看到一块摇摇欲坠的标牌,上面写着"欢迎来到维塔默"。路旁有餐厅,于是杜巴耶开进停车场。餐厅的顾客主要是司机和旅客,停车场非常宽阔。连续奔驰数小时的卡车引擎终于熄火,我们一下车便听见来自森林的鸟鸣。杜巴耶尽情伸懒腰,点燃香烟。他瞥见祖父放在驾驶座的香烟和火柴，立刻据为己有。看着只大我一岁的少年抽烟，我备受冲击。

店内颇为冷清，没有半个客人。我和杜巴耶在窗边面对面坐下，服务员过来问要点什么。她的头发是金色的，我从未见过这么美丽的女孩。

"你叫艾莉卡①？"杜巴耶盯着服务员的名牌问。

"对啊。"

"我妹妹也叫艾莉卡。"

服务员望着杜巴耶，露出微笑。

"你妹妹长得跟你一样好看？"

"你觉得呢？我们很久没见面了，我不清楚。"杜巴耶耸耸肩。当然，我不曾听说他有妹妹。

服务员离开，等待餐点时，杜巴耶趴在桌上，昏迷似的熟睡。墙上贴着城镇的导览图，我起身走近细看。这座城镇的地形，几乎与怪盗歌帝梵的地图如出一辙。一条道路横越山间小镇，建筑物群聚在山谷，怪盗画的肯定就是维塔默镇的地图。对照导览图，我得知藏宝图的北方朝上，镇北有一条河，所以标记的关键地点应该

---

① Chocolatier Erica，日本巧克力品牌，创立于一九八二年。

就在上游。可是，我的目的不是寻宝，而是救回母亲。

"快点去镇上吧，罗易斯他们应该在那里。"喝完汤、吃过香肠，我催促舔舐盘中酱汁的杜巴耶。

"那我们在这里分手吧。你自己去镇上，我不去。"

"为什么？"

"我要抢先拿走宝物，怪盗地图标记的位置我记得很清楚。那群呆瓜，一定在镇上休息。昨天刚发生那种事，他们想必会掉以轻心。这是好机会。"

"那我妈妈呢？"

"关我屁事。"

"你偶尔帮一下别人会死吗？！"

杜巴耶越过桌面揪住我的衣领，用力拉近我。餐具发出刺耳的碰撞声。

"我可是个杀人犯！我亲手杀了人！这双手上还留着那种触感！就是用刀子刺死那个混账时的感觉！你要这样的我救人？难不成你脑袋里装的都是酸奶？"

杜巴耶嚷嚷完，店里一片寂静。服务员艾莉卡讶异地望着我们。

"你们在说什么？"艾莉卡疑惑地歪着头问。

"开个小玩笑，别误会。"

杜巴耶放开我的衣领，苦笑着走近她。

"可是，你刚才说自己是杀人犯……"

"那是演戏的台词啦，我们在练习。"

她悄悄瞥向店里的电话。杜巴耶挡在她身前，我注意到桌上的餐刀少一把。

"快逃！"

我大叫时，杜巴耶已动手攻击艾莉卡。厨师冲出厨房，杜巴耶踹了厨师的肚子一脚。幸好店里没其他客人，受害的只有艾莉卡和厨师。

"我不会要你们的命，不过不准你们打电话报警。"

杜巴耶拿电线捆绑住服务员和厨师的双手双脚，拔掉电话线。艾莉卡和厨师倒在收银台前的地上蜷缩着。他们的嘴巴被堵住，无法出声。

"这餐免费招待吧。我们很穷，能省则省。"

我无法插嘴，只能在旁边看着。杜巴耶的行为非常过分，幸亏没见血，我松了口气。餐刀也仅仅是亮出来作威胁，没派上用场。他没伤害两人，或许和服务员的名字有关。

"拜拜啦，别怨恨我。喂，厨师，你做的香肠挺好吃的。"

杜巴耶丢给无法动弹的两人这句话，便走向出口。厨师气愤地目送他。离开前，杜巴耶停下脚步，转身对服务员说：

"艾莉卡，我妹妹死了。她有着跟你一样的发色。"

然后，杜巴耶头也不回地走向小卡车。艾莉卡一直盯着杜巴耶的背影。

我和杜巴耶匆匆回到小卡车上，杜巴耶抓起我放在副驾驶座的包，扔出窗外。

"你干吗！"

"我说过，在这里分道扬镳吧。啊，对了，等我拿到财宝，就轮到那两个大骗子倒霉了。我会把他们抓来，你就这么转告他们。"

趁我捡皮包时，他发动引擎往前冲了出去。

"你这个浑蛋！谁是酸奶！"

被丢在停车场的我朝远去的车子大叫。

我在蜿蜒的山路上走了约两小时，总算来到维塔默镇的中心地区。说是中心，却不见林立的高耸建筑物，只有零星散落在路旁的杂货店、餐厅和土产店。虽然没什么行人，但也不算萧条。若开车翻山越岭，一定会经过维塔默镇，每家店的生意都十分稳定。长途旅行的人想必会停下来歇息吧。

我进入杂货店，用仅有的钱买了一片巧克力。那是包装纸上印有猫图案，我平常吃的巧克力。

"请问镇上有几家旅舍？"我问年老的店主。

"旅舍有三家。祝你旅途愉快啊，小朋友。"

我用门牙一点一点啃着巧克力，四处寻找旅舍。太阳西下，四周变得昏暗时，我找到第三家旅舍。竖立路旁的招牌上印着"珍保罗[①]汽车旅馆"，里头的日光灯明灭闪烁，发出吱吱的声响。这是镇郊的一幢木造平房。扫视停放在停车场的几辆车，我发现一辆肯定是罗易斯他们的车。因为车身满是泥泞，和我们开来的小卡车一样。其余两家旅舍的停车场没有类似状态的车子。罗易斯他们想必在此投宿。

入口附近有道门写着"柜台"，里面透出灯光。我蹑手蹑脚经过，踏进旅馆。我将啃到一半的巧克力收进包里，取出另一个东西。手枪十分沉重，而且冰冷。虽然枪和巧克力一样都是黑色，但我不晓得该怎么使用它。

[①] Jean-Paul Hevin，法国顶级巧克力品牌。

客房的门朝外排成一列。除了罗易斯一行，还住着一些客人。几间房的窗户流泻出光亮。

我走近点着灯的1号房间的窗户，窥探室内，没有人影。2号房间的窗户也是亮的，听得出里头是一对年轻情侣。3号房间一片昏暗，与其说是没住客人，更像是没开放，不知为何，窗户已用木板钉死。我走近隔壁的4号房间。窗外，受光线吸引的蛾在飞舞。

"真是对不起啊。那个人就爱操心，不这么做，他连三明治也不肯吃。"

房间里传来充满歉意的话声，我的脑海里浮现留着小胡子的面孔，那一定是布朗尼。我小心不发出声响，继续偷听。

"这会不会太小题大做？我在车上发过誓，绝对不会逃走。"母亲不满地抱怨。

"我也不想这样，可是，罗易斯的命令我不得不遵从。"布朗尼有些不知所措。

我窥望室内，在床边看见布朗尼浑圆的身躯。母亲仰躺在床上，双手双脚被绑在四个角落。

"要是想上洗手间怎么办？"

"到时我会帮你松绑的，太太。"

没瞧见罗易斯的身影，或许是独自去吃饭了。现下是好机会，等罗易斯回来，便得应付两名对手。我移动到门前，闭上眼、调整呼吸，握紧手枪。掌中的铁块坚硬而沉重，我既觉得可靠，又感到害怕。我不打算开枪，瞄准布朗尼，他肯定会吓坏。不过，要是他攻击我怎么办？那我就不得不开枪。为了救出母亲，必须扣下扳机，发射子弹。我办得到吗？不管怎样，我只有这个倚靠。牢握无法负荷的武器，我敲敲门。

"来啦！"布朗尼应道，脚步声逐渐接近。他打开门，盯着我的头顶上方，大概以为是罗易斯吧。罗易斯比我高大许多。我把枪口用力抵在布朗尼浑圆柔软的肚皮上。

"举起双手，布朗尼先生。"

他总算注意到我了。看见陷进肚子的枪口，他发出不成声的惨叫，踉跄后退，双脚不小心绊在一起，浑圆的身体像皮球般滚到地上。

"林兹！"母亲一脸惊诧。

"妈妈！"我用枪指着布朗尼，走近母亲。

"你拿着什么？"

"是手枪。"

"快丢掉！"

"现在？你是开玩笑的吧？"

布朗尼站起，想逃出房间。

"站住！"我举枪叫道。

"噫，不要开枪！"

"那就乖乖别动！"

布朗尼泪湿面颊，站在房间中央。我手握漆黑坚硬的金属块，令他极为畏惧。我举着枪，解开绑住母亲手腕的绳索。自行解开双脚的束缚后，母亲从床上起身。

"不准拿那种玩意！"母亲想抽走手枪。

"等一下，现在不行。"

"你还是个孩子啊！你知道那是什么吗？！"

看到我举枪吓唬人，母亲非常不高兴，这也难怪。我们不顾布朗尼还待在一旁，争论不休。我解释此时用枪是正确的，母亲认为小孩持有武器太叫怕。最后母亲妥协，叹气道："没办法，但是只有现在哦。"我和母亲提防着布朗尼，往房门口移动。布朗尼吓得嘴唇直发抖。

"妈妈先走，远远地离开这里。"

母亲担心地看着我，最后跑出房门，消失在黑暗中。我转向布朗尼，注视他浑圆的双眼。

"我很生气。"

"噫噫噫!"

"你们夺走我许多东西,地图、《圣经》、镇上的生活,还有我的朋友……"

布朗尼的脸色发白。

"其实我想直接杀掉你,可是我不会那么做,因为妈妈会伤心。这次真的永别了。再见,布朗尼先生!"

我举枪瞄准他,退出房间。母亲逃去哪里了?此时,我才有余裕的时间思考。然而,我很快得到答案。只见母亲站在不远处,身后是罗易斯。他一手搂住母亲的腰,另一手拿刀抵着母亲的脖子。不知是不是在饭桌上喝了酒,他双眼充血,一片通红。

"林兹,快把手上那危险的玩意丢掉。"

罗易斯说完,一阵爆笑。他觉得追过来的我、手枪,以及想逃走却被抓住的母亲都太好笑。每次发出笑声,刀尖便跟着摇晃,仿佛随时会刺进母亲的脖颈。

"罗易斯先生只要喝酒,就会变得非常爱笑。由于会破坏形象,一直对大众保密……"

布朗尼战战兢兢走近。

出发

到了深夜,罗易斯总算止住笑。他坐在布朗尼驾驶的车子后座,抱着头呻吟。

"喝太多酒不好。"

母亲冷冷地说。罗易斯摇摇头:

"我通常只喝一口,酒钱一向很省。"

"居然醉醺醺地拿刀抵住别人,你都几岁了,成熟点好不好!"母亲的脖子留下一道红痕。看到母亲成为人质,我立刻投降,把枪交给布朗尼(总比交给喝醉的罗易斯妥当)。罗易斯将我们关在房内,不久又命令我们上车。我和母亲的双手都被反绑着,只见布朗尼把枪收进车子的置物盒里,我们没有半张可以还击的王牌。布朗尼依罗易斯的指示,驶往镇郊。

"你该自我反省,总有一天你会遭到报应。"母亲瞪着罗易斯。

"我也真惹人嫌,多么怀念伪装成美术生的时候啊。"罗易斯叹口气。

"你明白自己做了什么吗?!有人因此死掉了!妈妈资助面包给变装成美术生的你,你却恩将仇报,未免太过分了!"

听到我的话,罗易斯冷哼一声:

"面包?哦,你说那个面包啊。那个又硬又廉价,明显是穷人吃的面包,看起来就很难入口。旅馆后方不是有条河吗?我随手扔进河里了。提到河……布朗尼,在前面右转,应该快到河边了。"

不一会儿,车子停在河畔,只见杂草覆盖着堤岸,罗易斯命令我们下车。月亮高挂在空中,四下朦胧发亮。河上有座木桥,桥墩那里有块空地,停着一辆满是污泥的小卡车。那肯定是我和杜巴耶开来的车。

"那是老人家里的卡车,果然和罗易斯先生推测的一样。林兹会出现在这座城镇,表示有人开车载他过来。"

布朗尼检查着小卡车。抓住我后,罗易斯问了我许多问题,但我没吐露半句实话。可是,罗易斯认为带我来的人，八成已前往地图标记处。

"车子还在，代表人没带着财宝跑掉。布朗尼，拿出后备厢的手电筒。从这里开始走。"

布朗尼打开后备厢取出东西。

"梅莉女士，请再陪我们一段路。"罗易斯走近母亲，恭敬地说。

"林兹也一起来。"他冷淡地补上一句，语气犹如对待碍事的东西，"警告你们，要是谁敢逃走，剩下的那个就惨了。"

在罗易斯和布朗尼的包夹下，我们步入深邃的森林。猫头鹰的叫声在漆黑的林间回荡，我们踩着枯叶，缓缓前进。树木和岩石复杂交错，像一座迷宫。领头的罗易斯以手电筒照亮前方，选择路径。每当听到流水声，我便想起此刻置身河边。由于双手被反绑着，又不熟悉环境，我们走得非常吃力。即使跌倒，也无法立刻伸手支撑身体。需要攀爬岩石时，还得借助罗易斯和布朗尼之手。途中稍事休息，分配食物。我和母亲相互依偎，坐在岩石上。从树梢间隙可窥见月亮。罗易斯取出一把折叠小刀，切起香肠，边向布朗尼附耳低语。我也用不会被他们听到的音量和母亲交谈。

"不晓得为什么要带我们过来……"

走了快两小时，母亲几乎筋疲力尽。

"大概是认为留我们在旅馆太危险，万一我们求救就麻烦了。"

"可是，需要这么大费周章吗？攀爬岩石的时候，还得分神帮我们。欸，会不会是打算把我们带到没有人的地方解决掉？"

母亲面色惨白，望向罗易斯。罗易斯手中的刀子反射着月光。他利落地切着香肠。

森林位于山坡上，越走越靠近夜空，偶尔可在树木之间看到河流。不知何时，河川变成瀑布般的急流。以前我在课堂上学过，一直溯溪而上，河水会变得又细又湍急。

"是吊桥。"

穿过森林后，罗易斯停步。布朗尼的手电筒照亮河上一座老吊桥。那与其说是河，更像是悬崖深谷。此处的地形，宛如用雕刻刀深深刨开地面。布朗尼边拿手帕擦拭着满脸的汗，边往下照。

"噫！掉下去就死定了。"

河在遥远的下方，激烈的流水声在岩壁间回响。

"根据地图,我们已离标记的地点不远了。"

罗易斯从行李箱中取出地图查看。

"那是我的地图,《圣经》也还给我!"

我瞪着罗易斯喊道。他不耐烦地回答:

"等一下啦。等我确定标记的地点藏着什么,两样都会还给你。"

"他真的会还你吗?"

母亲大声问我,像是故意讲给罗易斯听。

"梅莉女士,你完全不了解我,真是太可悲了。"罗易斯仿佛真的大受打击。

吊桥的绳索非常老旧,随时可能断落,木板也已腐烂,许多地方长着青苔,感觉一踩上去就会破裂。慎重起见,我们一个一个过桥。

"好,现在改变顺序,布朗尼先过。"

在罗易斯的命令下,布朗尼成为第一棒。可怜的他,脑中似乎没有违抗罗易斯的选项。虽然压得吊桥咿呀作响,布朗尼浑圆的身躯仍成功抵达吊桥另一端。于是,我和母亲安心地过了桥。毫无疑问,既然一行四人中最重的布朗尼都能顺利通过,我们不可能压坏吊桥。罗易斯和杜巴耶是一丘之貉,根本不把别人当人看,他是想确定吊桥会不会断掉,才要布朗尼当先锋的吧。

我们再次走上山路。只差一段距离,就能抵达地图标记的地点,四人不知不觉陷入沉默。我听着猫头鹰的叫声,回头望去,罗易斯边凝视手中的东西边往前走。他紧握一张红色卡片。

"那是什么?"

我问道,罗易斯的嘴角浮现笑意。

"怪盗留下的卡片。"

罗易斯亮出卡片。除署名以外,还画着风车磨坊。那是稍早前他在纽豪斯旅馆给我看过的"No.21"卡片。

"告诉你也没关系,这张卡片上的绘图笔迹,和你找到的地图上的一模一样。不管是字体或线条的力度全如出一辙。换句话说,画下怪盗卡片和那张地图的,肯定是同一人。"

罗易斯深海般蔚蓝的双眼闪闪发光,我的心情复杂不已。他是个会满不在乎痛打孩童的坏蛋,可是那纯粹的表情又让我想起曾经敬爱的英雄。

"现下说这些都太迟了!"

"恭喜,你发现了真正的怪盗歌帝梵的地图。"

"所以我才会碰到这么悲惨的事。不晓得是谁害的?"

走在前面的母亲，一头雾水地望着我们。罗易斯用只有我听得到的音量，悄声说：

"可是，我还有别的秘密没告诉你。"

"秘密？"

"关于风车磨坊的图案，不是没向社会大众公开吗？我们让民众以为卡片上只有怪盗的署名和编号。除此以外，这张卡片还有未公开的秘密，仅有我、甘纳许警长及几名警方中枢人员知道。第一个发现卡片的受害者，或者调查员里可能也有人注意到，但他们似乎认为是自己误会了，人的心理实在有趣。"

"布朗尼先生知道吗？"

"他也不知道。喂，林兹，我现在心情非常好，才会向你透露。的确，我希望怪盗永远不被抓到，毕竟维持现状，我可以拿到许多钱。但另一方面，我也想进一步了解他。"

"说到底，你所谓的秘密是什么？"

"待会儿再告诉你。"

东方天际渐亮，淡淡朝雾笼罩四周。雾气转浓，最后近在咫尺的景物都变得模糊不清。我忽然想起罗易斯提过的白巧克力迷雾，怪盗曾混进大雾中，消失无踪。

"罗易斯先生,这已是山路尽头。"走在前面的布朗尼开口。终于走出森林,朝阳消融浓雾,视野豁然开朗。此处似乎是山顶附近的斜坡,低矮的绿草覆盖四周。或许是海拔高的缘故,空气冰冷,吐出的白色气息在风中融化。这个地方不只美丽,斜坡上还矗立着异样的东西,我们凑近一瞧,不禁愣住。由于背光,那东西乍看之下宛如一道黑影。

"十字架……?"

母亲一脸茫然。矗立在朝雾中的黑影,呈现出一个十字架的形状,比我们住的三层公寓屋顶还要巨大。罗易斯摇头道:

"不对,那不是十字架,而是……"

雾气散去,斜坡上的物体露出原貌。那是一座风车磨坊,砖块砌成圆筒状的主体,装有四道旋转的叶片,恰好呈十字。由于叶片与主体重叠,映在从山脚爬上来的我们眼中,形同巨大的十字架。地图上画的金币记号,标示的应该就是风车磨坊的位置。这幕景象似曾相识,根本与地图背面的图案一模一样。地图的图案及怪盗卡片上的图案,全在描绘眼前的风景。

"咦?"

罗易斯看着脚边，从草丛中捏起一支颇新的烟屁股，它不像受过风吹雨打的样子。看来不久之前，有人在这里抽烟。是杜巴耶，我在内心呢喃。

"风车磨坊里似乎有人。"罗易斯扔掉烟蒂，"从现在起，谁都不准出声，也不准制造声响。敢大叫就死定了。"罗易斯把折叠小刀交给布朗尼，掏出藏在外套暗袋的手枪。那是他用来射断祖父椅腿的小型手枪。罗易斯命令布朗尼："你和他们俩在这里等。"

"你要干吗？"看到罗易斯的手枪，母亲流露不安的神情。

"梅莉女士，男人是弱肉强食的生物哪。请安静待在这里，不必担心，我不会有事。为了你，我一定会活着回来……"

"我并不担心，你也不用回来。"

"哦，这样啊……"

罗易斯一脸落寞，检查完手枪里的子弹，无精打采地走向风车磨坊。灿烂朝阳照耀的斜坡上，罗易斯的背影越来越小。我、母亲和布朗尼，站在山路口望着罗易斯。

"他打算偷偷靠近，出其不意地攻击杜巴耶。"

我低语，母亲反问：

"杜巴耶？在爷爷家遇到的男孩吗？"

"我们在进镇之前分开，他抢先一步来到这里。"

布朗尼竖起手指，抵住嘴唇：

"嘘，别说话！"

如果布朗尼没拿刀子，我一定会大声通知杜巴耶："罗易斯来了！"可是，我害怕他手中的刀子，不敢作声。我默默祈祷杜巴耶不在风车磨坊里。

罗易斯抵达风车磨坊，喘了口气，踢开木门冲进去。或许风车磨坊结构歪斜，门旋即关上。

接着，一阵火药爆炸声响遍斜坡。

"有人开枪？"

母亲问道。身在远处的我们无从得知风车磨坊里的状况。

"喂，罗易斯先生开枪了吗？"母亲再次追问。

"不要说话。太太，你听好，不要说话！"

布朗尼一脸严肃，手中的刀子笔直地对准母亲。

"妈，安静。刚刚是枪声，罗易斯开枪了。"

我们默默注视风车磨坊。枪响后一片死寂，只听得到四处蹦跳的鸟发出鸣叫。原以为风车磨坊的门很快就会打开,罗易斯或杜巴耶跑出来宣告胜利,可是,不管怎么等都没半点动静。

"布朗尼先生……"

五分钟后,母亲担心地低声唤道。布朗尼下定决心般,点点头说:

"再等一分钟。假如还是没动静,就过去瞧瞧。"

布朗尼盯着手表。一分钟过去,风车磨坊的门依然关着。太阳缓缓上升,朝雾全部消散,我们提心吊胆地爬上斜坡。

风车磨坊

在近处一看，风车磨坊压迫感十足。砖造的主体耸立天际，像一座高塔。叶片是木制骨架糊上布面做成的，门上嵌有一块金属牌，刻着一个"G"字。我的心脏猛烈跳动，那一定是"GODIVA"的"G"。果然，这座风车磨坊属于怪盗。我们三人站在门前，竖耳静听，里面隐约传来痛苦的呻吟。我、母亲和布朗尼都没出声，面面相觑。我和母亲的双手被反绑着，只能由布朗尼行动。布朗尼要母亲退到后方，打开门。尽管十分阴暗，但靠着采光窗和透进门缝的光线，里面的状况一览无余。

"罗易斯先生！"

"杜巴耶！"

布朗尼和我同时叫唤。

只见罗易斯和杜巴耶扭打成一团。

杜巴耶的右手掐着罗易斯的脖子。

一旁的玻璃瓶掉落破碎。罗易斯的右手握着尖锐的玻璃碎片，想刺杜巴耶的眼睛。

双方都一手进行攻击，另一手防御。可怕的是，两人似乎势均力敌，没有任何一方获胜的迹象，也没有任何一方落败的势头，僵持不下。我们踏进屋内时，杜巴耶压在上面，但之前应该是相反的吧。双方滚来滚去，衣服沾满污泥和稻草，瞄我们一眼，又立刻咬紧牙关，狠狠互瞪，脸涨得通红。不管是掐着脖子的手、握住玻璃碎片的手，还是阻挡攻击的手，都在微微发抖。稍一放松，就会被宰掉。难以置信的是，这样的状态恐怕持续超过五分钟了。

手枪掉在地上，子弹似乎没射中杜巴耶。八成是遭到反击，手枪从罗易斯手中滑落了吧。布朗尼走过去，发出嘿咻一声，蹲下捡起手枪。

"你们都住手，结束啦！好了，快分开！"

布朗尼举起手枪大喊。正在扭打的两人同时抬起充血的眼眸望向布朗尼。杜巴耶仍试图掐断罗易斯的喉咙，罗易斯也不放弃刺瞎对方的眼睛。布朗尼朝天花板开了一枪,声响造成的冲击,大到仿佛甩了我们一记耳光。杜巴耶轮流看着冒烟的枪口和罗易斯的表情,咂一下舌头,放开罗易斯的脖子。罗易斯丢掉玻璃碎片站起来,按着喉咙不停咳嗽。

"干得好,布朗尼。"

罗易斯的声音沙哑,刚刚他的喉咙差点被掐断了吧。只见他撑着墙,吐出带血的唾液。

布朗尼把枪口瞄准杜巴耶,大叫:

"举起双手,站到墙边!"

杜巴耶肩膀起伏,喘着气瞪我:

"小鬼,你搞砸了!"

如果不是被枪口指着,他的下一个目标或许就是我。

母亲脸色苍白,站在门口。布朗尼命令母亲进来,跟杜巴耶和我一起站到墙边。

"换我来,枪在你手里,实在让人不放心。"

罗易斯理顺沾满泥沙的头发,走近布朗尼,伸出右手。不料,布朗尼把枪口对准我们,远离罗易斯。

"布朗尼,怎么啦?"罗易斯颇为意外。

"罗易斯先生,你在说什么啊?你也要照做,给我站到墙边去。"

布朗尼一副理所当然的样子。

"布朗尼先生，你在说笑吧？"

我忍不住大叫。由于长着浑圆的双眼和小胡子，布朗尼像个布娃娃。长相可爱的大叔紧握手枪，实在诡异至极。

"我胆小的秘书跑去哪里了？"罗易斯有些困惑。

"秘书？你说的是奴隶吧？明明根本就瞧不起我。"布朗尼眨眨圆圆的眼睛。

"我并没有瞧不起你。"罗易斯焦急地辩解。

"哼，不跟你计较。"

"你早就决定要在这时候背叛我吗？"

布朗尼从外套暗袋里取出另一把手枪。那是我带到旅馆的、原本属于甘纳许警长的手枪，应该收在后备厢，布朗尼似乎偷藏在身上。这么说来，打开后备厢、取出行李的就是布朗尼。

"其实我打算用这把枪，砰的一声，从背后解决你。"

但已没必要使用甘纳许警长的枪，布朗尼碰巧捡到罗易斯的枪。除他以外，众人手无寸铁。更倒霉的是，罗易斯刚把折叠小刀交给布朗尼。罗易斯的脸色顿时变得惨白。

"假装胆小很辛苦呢,要像这样——"

噫!布朗尼发出尖叫,摆出被罗易斯责骂时的表情。那表情窝囊得要命,他停止做戏,摇晃着巨大的肚子笑起来。

"还以为你深深敬爱我………"

"我受够你的任性了。"

我、母亲、杜巴耶和罗易斯依照指示,在墙边排成一列。罗易斯低垂着头,刚刚还是仇敌,现在却和我一样受到手枪的威胁,感觉真奇怪。杜巴耶看着罗易斯,表情像在说"活该"。

"侦探先生,以后雇秘书的时候可得多提防些,因为难保不会变成这样嘛。不过,我想你也没有机会再雇秘书了。"

布朗尼握着手枪,观察风车磨坊内部。我也想过要趁机扑上去抢夺手枪,但布朗尼严加戒备,枪口对准我们,与我们保持了一段距离。

风车磨坊里有许多木梯和齿轮,结构复杂。砖造圆筒状的屋身内部架着许多横梁,横梁各处挂着被油染得污黑的布以及装谷物的布袋。梯子和齿轮的木材都干燥泛白了,这座风车磨坊似乎是年代久远的老古董。

最引人注目的是巨大的石臼。一进门的地上,两片巨大的石制圆盘重叠在一起,约莫十个大人合抱的大小。上方的石盘附有一根粗大的木棒,在天花板附近与齿轮相连。风车的叶片一旋转,齿轮便跟着动起来,驱动木棒,而与木棒相连的石臼也会跟着转动。我想起在祖父家学到的石臼构造。石臼一转动,谷物就会在上下石盘之间被磨成粉。

"好像有人经常维修保养石臼呢。"

罗易斯从震惊中恢复冷静,环顾屋里,低喃道。

"没有损坏的部分,或许还能活动。瞧,林兹,只要扳动那边的杆子,齿轮应该就会运转起来。"

他提到的杆子在屋内深处。

"不过这里好乱……"

我东张西望地说。是罗易斯和杜巴耶打过一场架的缘故吗?除木片和玻璃碎片以外,脚边还掉落一份报纸,标题大大地写着《半岛百货的窃贼并非怪盗歌帝梵!》,是上上星期的报纸。我用肩膀推推罗易斯,要他看报纸。

"怪盗来过,而且是最近的事,不然上上星期的报纸不会掉在这里!"罗易斯看了看报纸,激动地喘气,说道。

"这是什么?"布朗尼出声,"很多地方都刻着英文字母,可是名字微妙地拼错了。"

"什么意思?"母亲低声问。

"你们看那边的柱子。"杜巴耶说,我们凑近木柱,只见柱上刻着一串文字"DGOIVVAA"。其他还有柱基的石头上刻着"GOIIDVA",砖墙上刻着"OGDV",别的地方则刻着"GVADDD"。

"小屋各处都刻了字,一个晚上我就找到超过二十处。"杜巴耶解释。

"这有什么特殊意义吗?"我问。

"会不会是想刻名字,却刻错了?"母亲猜测。

如果不是字母太多或顺序颠倒,应该就会是怪盗的名字。这只是一种装饰吗?

"你找到的文字符串里,有没有正确的'GODIVA'?"罗易斯问杜巴耶。

"谁跟你是一伙的?别想套我的话。"

"不要这么冷淡,俗话说不打不相识嘛。总该有个地方刻的是正确的怪盗名字吧？"

"名字正确的地方，或许藏有玄机！"我灵光一闪。

"我也有同感。"罗易斯附和。

正在检查墙壁的布朗尼大喊：

"只有这串字母是名字！G-O-D-I-V-A！"

是面对门口的墙壁。布朗尼仰望比他个子稍高的地方，那里刻着"GODIVA"，是怪盗正确的名字。底下则有一个长长的箭头，朝地面笔直地延伸。地面是一块裸露的泥土地。布朗尼循着箭头望去，低喃：

"好像有人想挖洞。"

箭头底下的地面，挖开约有到膝盖深的洞，旁边放着一把铲子。

"是你挖的吧？"

布朗尼捡起铲子，望向杜巴耶。不知何时，甘纳许警长的手枪已收进他外套暗袋。杜巴耶往地上啐了一口，瞪着布朗尼。

"啰唆，死胖子，闭上你的猪嘴！"

"真是千钧一发。你没立刻带着财宝逃走，原来是需要挖洞啊。"布朗尼得意扬扬。

杜巴耶咂咂舌头，瞪着我。要是我没被抓住，罗易斯他们也不会提早出发，他就有足够的时间挖洞了吧。

"杜巴耶、罗易斯，双手自由的只有你们，过来吧。"布朗尼举着手枪命令道。

杜巴耶和罗易斯开始挖掘地面。风车磨坊里有各式各样的工具，杜巴耶拿铁锹，罗易斯拿铲子，把洞穴挖得更大。布朗尼靠在石臼上监视，以免他们偷懒。布朗尼颐指气使，侦探与镇上的不良少年都露出气愤难平的表情，但没有违抗，乖乖挖洞。

"洞里埋着什么？"母亲问我。

"怪盗留下来的东西。"

沙、沙，随着洞越挖越大，心跳越来越快，我不禁想起狄恩和德鲁卡。我常与他们一起谈论怪盗的秘密基地，幻想里面设有非常多的机关。此刻，我居然真的置身怪盗的秘密基地，多么不可思议。假如狄恩和德鲁卡也在，一定会很好玩。

杜巴耶挥下铁锹，敲出哐当一声，显然挖到东西了。杜巴耶与罗易斯互望一眼，蹲下拨开泥土，合作默契。难以想象两人刚刚还杀得你死我活，我和母亲讶异不已。

泥土底下出现一具棺材。就是用来装尸体，埋进坟墓的那种棺材。杜巴耶和罗易斯合力将棺材抬出洞穴，母亲顿时一僵。

"是尸体吗？"

母亲的低喃，恐怕是在场众人共同的疑惑。

"打开。"

布朗尼命令道。两人依指示取下棺盖时，母亲紧紧闭上双眼，白皙的脸颊映着黄澄澄的光芒。透进采光窗的光线照亮棺材，再反射到母亲脸颊上。棺材里装的，并不是尸体。

"妈妈，快睁开眼睛，不看吃亏哟。"我安抚母亲。

棺材里，无数金币闪闪发亮，还有镶嵌着宝石的头饰和手镯、戒指之类的，每一样我都有印象。"英雄的金币""回忆的蓝宝石""无用的皇冠""爱哭的红宝石"等，全是我在马克里尼的房间看过插图或照片的宝物，无疑是怪盗歌帝梵偷走的赃物。侦探罗易斯跪在地上，不自觉伸出手，眼神像中了催眠术般痴迷。

"好，到此为止！"布朗尼举枪抵住罗易斯的脑袋，罗易斯顿时停止动作。布朗尼捡起掉在门口附近的绳索，交给罗易斯。"把杜巴耶的双手绑起来。乖乖听话，我可以分一些财宝给你。"

"真的吗？！"罗易斯开心地反问。那张脸上看不到一丝侦探的自尊心，我失望透顶。

"当然，我们可是老朋友啊！"

"说定喽，布朗尼先生！"

罗易斯拿着绳索靠近杜巴耶。

"你这个下三烂！"

杜巴耶想踢罗易斯，他轻巧闪过。

"啰唆，爱怎么做是我的自由！"

我以为两人又会厮杀起来，但布朗尼举着手枪大叫："给我住手！"杜巴耶愤愤不平地闭上嘴巴。罗易斯一副铆足了劲的表情，捆住杜巴耶的双手。见杜巴耶的手被固定住，布朗尼十分满意。

"你这种人最恶心了！比那个小矮子差劲！"杜巴耶唾弃道。

"哈哈哈哈哈，追随强者是我的生存之道！"罗易斯颇为得意。

杜巴耶咬牙切齿。那磨牙声实在太可怕，我都担心起他的牙齿会不会被咬断了。

"背叛者！"我大骂罗易斯。

"你在说什么啊？我们原本就是敌人！"

"把每个人都绑起来，让他们跑不掉。"布朗尼下令。

"要绑在哪里？"罗易斯像条恭顺的狗。

布朗尼指着上下贯穿风车磨坊的巨大柱子。那是连接风车，叶片一旋转便会转动石臼的棒子。石臼旁有道阶梯，在罗易斯的驱赶下，我、母亲及杜巴耶顺着阶梯爬到石盘上。石盘非常宽阔，即使站着四个人，也有不少空间。罗易斯拿绳索一圈圈把我们和柱子绑在一起。布朗尼捡起装谷物的布袋，不停地装财宝。绑完后，罗易斯就要走下石臼，母亲瞪着他说：

"从一开始，我就知道你是这种人！"母亲的眼神带着责备。

"要在世上生存，也需要这种思考方式。"

罗易斯一脸遗憾，耸耸肩，垂着头仿佛在忍耐笑意，然后像是发现了什么似的，停下动作。

"啊，对了！我忘记了！"罗易斯说着，走近动弹不得的杜巴耶，一拳揍上他的脸，"居然踹老人，你到底在想什么！很痛你知不知道！"

杜巴耶的鼻子流出血，双眸燃起熊熊杀意，仿佛快喷火了。罗易斯满足地怪笑，走下阶梯回到布朗尼身边，我们只能在石臼上干看。他们讨论着离开风车磨坊后怎么逃亡，我不甘心到极点，胸口几乎要爆炸了。

"地上有火柴吧，捡起来。"

布朗尼指着地上对罗易斯说。那原本是放在小卡车里的火柴，大概是杜巴耶随身携带以便抽烟的，却在扭打的过程中掉出了口袋。

"这个吗？"

罗易斯蹲下身，布朗尼趁他转移目光的瞬间，拿手枪殴打他的头。罗易斯登时瘫软，一动也不动。我、母亲和杜巴耶默默旁观这一幕。布朗尼把罗易斯拖到墙边，绑在附近的柱子上。罗易斯完全昏迷，布朗尼根本不打算分财宝给他吧。可怜的侦探罗易斯被骗了。

"哎，这下总算能回故乡了。别怪我啊，故乡的老母生重病，我妹妹还在照顾她。我们一家亟须这些财宝。"布朗尼抬起头，望向我们，"真是的，罗易斯半吊子的好心肠实在让人伤脑筋。假如在那个老爷爷家把全部的人杀光，就不必这么麻烦了。把人带来果然是对的。"布朗尼咕哝着捡起火柴，我察觉他的意图，顿时惊慌失措。

"是你提议带我们过来的？"

"当然。罗易斯先生怕麻烦，打算把你们留在旅馆。可是，我难得坚持己见，他才会带上你们。还要解释吗？与其在镇上收拾你们，在深山僻野干掉你们，更避人耳目吧？"

布朗尼擦亮火柴，点燃磨坊角落的干稻草。稻草瞬间烧了起来，火势蔓延到一旁沾满油污的破布，更进一步烧焦木柱。母亲发出尖叫，昏倒的罗易斯身体一颤，脚动了一下。或许他正慢慢恢复意识，不过最好当成没这个人。

"再见，我绝不会忘记大家！"

布朗尼从口袋掏出手帕，佯装拭泪。塞满财宝的布袋似乎相当沉重，布朗尼扛起布袋时，浑圆的身躯一晃。接着，他迈步离开。

怪盗的秘密

"烂透了!"火焰吞噬风车磨坊里大量的稻草、破布和木材,火势越来越凶猛。火舌沿柱子爬上屋梁,灼烤着我的脸颊与手脚,皮肤隐隐作痛。我吸进黑烟,感到呼吸困难。这样下去,我们不是会被烧死,就是吸进太多黑烟中毒而亡。我拼命扭动身体,却无法挣脱绳索。

"对不起,林兹。"母亲忍受着纷飞的火星,一脸歉疚地开口,"要是你待在爷爷家,就不会卷进危险。"

"不对,是我把妈妈卷进来的。"

我不该写信给罗易斯。若是与狄恩、德鲁卡一起调查地图,不会演变成现在这种情况。母亲的眼眶里浮现泪水,由于身体受困,我们甚至无法在最后一刻相拥。"妈妈有件事没告诉你。到了最后,就跟你说吧——"

"咦,等一下。"我打断母亲的话,望向脚边,发现一样东西,"这里也有怪盗的名字……"

石臼上方被磨得相当平滑,偏离中央处开着一个可伸进手臂的洞,想必是用来倒谷物的洞。洞的左右刻着字母,左边是一个"G",隔着洞口,右边是"D-D-I-V-A"。假如视圆洞为"O",就是"GODDIVA"。咦,多一个"D"?之前罗易斯给我看歌帝梵的卡片时,也有类似的奇妙感觉,但此刻我没空多想。

头顶传来断裂声。一阵阵冲击震动风车磨坊,火焰包裹的屋梁掉落,喷发出无数火星,像一大群蝴蝶飞舞。幸好屋梁掉到空旷的地方,万一被砸中,肯定会没命。

"喂,林兹!妈妈死前有话要告诉你!"

母亲喊道。燃烧风车磨坊的火势很大,不扯开嗓门难以交谈。忽然,我注意到杜巴耶的动作。他的手在肚子一带移动,右手握着玻璃碎片,用尖端切断绑住三人的绳索。

"你什么时候捡的?!"

杜巴耶满手是血,使劲把玻璃碎片抵在绳子上摩擦,就像锯木头一样,绳索慢慢松脱。那块玻璃碎片,是罗易斯原本要拿来刺他眼睛的。

"得感谢罗易斯。"杜巴耶回答,我不禁怀疑自己听错,"那家伙捆绑我们时,把玻璃碎片塞进我手中,大概是趁挖洞的空当藏进口袋的。真是精明的家伙。"

而且杜巴耶的双手是自由的,捆住他手腕的绳索掉落在地。

"你什么时候松绑的?!"

"我的绳子绑得特别松,只绕住了手腕。罗易斯假装把我绑起来,所以我也假装被绑住。"

"假装绑起来?当时你们不是在互骂吗?"

"要是那个胖子发现就不妙啦。"

"原来全是骗人的?你不是对罗易斯恨得咬牙切齿?"

"就跟你说是装的!你这个小矮子!我只是配合他演戏!"

我简直不敢相信。他们互殴、瞪视对方,其实是要松懈布朗尼的戒备。两人似乎早悄悄商量好如何逃脱了。杜巴耶帮我们割断绳索时,磨坊里已热得令人待不下去了。重获自由的我们,利用阶梯跑下石臼。

"接下来交给你,我去追那个死胖子。"杜巴耶捡起地上的镰刀,割断我手上的绳索,"受不了,只会给人添麻烦，真是个烂透的矮冬瓜。"他把镰刀塞给我，随即奔向磨坊门口。

"杜巴耶，谢谢你！"

他的背影消失在磨坊外。我拿镰刀割断母亲双手的绳索后，走近瘫坐的罗易斯身旁。他也被绑在柱子上，脑袋流着血。我替他割断绳索，母亲摇晃他的肩膀，他微微睁开眼。

"嗨，梅莉女士，你还是那么美。"

"快起来！"

母亲生气地叫道。罗易斯按着头站起，茫然张望四周，很快恢复了清醒。

"布朗尼那家伙，我记得他最喜欢烤肉了……"

罗易斯不禁咂舌。他浑身摇摇晃晃，没办法正常行走。我和母亲搀扶着他，想逃往出口，但罗易斯甩开我们的手。

"还不能离开！"

罗易斯回望石臼，想走过去，可是脚步不稳，无法爬上阶梯。他转头盯着我。

"拜托，扶我到石臼上面。"

"你在说什么！得快点逃生啊！"母亲大喊。

"不行,我刚刚在石臼上面找到了!就是低下头的时候!难道你们没发现?!石臼上不是刻着文字嘛!"罗易斯注视着我,拼命恳求,"求求你,让我看看那个洞,里头藏着秘密。错过这次,就永远没机会了!"

磨坊内,火焰如龙卷风肆虐,火星随之打转,热气遮蔽视野,不赶紧逃恐怕性命难保。可是回过神时,我已经往石臼跑去。我越过罗易斯,冲上阶梯,爬上巨大的石制圆盘。燃烧的木片碎裂落下,在盘面弹跳。我扑向倒谷物用的洞,但凿空的洞孔里什么也没有,仅能瞧见下方的石盘。

"什么都没有!只看到底下的石盘!"

"不可能!"罗易斯大叫。母亲抓住他的手腕,想拉他到出口,但他抵死不从。母亲忍不住打了罗易斯一记耳光。天花板的屋梁坠落,砸出震动地面的声响。罗易斯挨打时,忽然灵光一闪:"难不成怪盗……"

罗易斯的双眸散发出几近疯狂的光彩。不同于报纸杂志中的知性侦探,此刻他像只完全失控的猴子。看着那对炯炯发亮的眼睛,我的背脊一阵战栗。罗易斯摇摇晃晃走向设在磨坊深处的杆了。罗易斯刚刚提过,风车似乎经常保养,应该随时都能运作。

"准备好了吗?"

"好了,罗易斯先生!"

我一回话,他便把全身压上去,拉动杆子。咔嗒一声,卡住齿轮的木制零件弹开,齿轮获得自由。整座风车磨坊犹如生物,此刻束缚的锁链终于松绑。磨坊内部发出吱嘎倾轧声,无数火星洒落,母亲不禁尖叫。高处的齿轮熊熊燃烧,蓄势待发。重获自由的风车磨坊喜悦地颤抖,我祈祷外头有风助阵。

"看洞里!"罗易斯大吼。风吹动叶片,齿轮开始转动,连接石臼的柱子也随之转动。石臼载着我,活动起来。

"屋梁要掉下来了!"母亲大叫。

燃烧的门梁摇摇欲坠,万一掉落堵住出口,我们便无法逃生,只能等死。

"妈妈先逃吧!"

我窥探洞孔。乍看底下的石盘在旋转,其实是承载我的石盘在旋转。罗易斯为何这么执着于石臼?总之,听从他的指示吧。长久以来,我一直向往着——向往能够成为侦探助手,与侦探一同解开谜团。燃烧的齿轮不停转动,火星雨闪闪发光。明知罗易斯是无可救药的人渣，我仍期待会有和侦探冒险的一天。烟雾渗进眼睛，泪水涌出。我紧盯洞里，忽然有东西一晃而过，很快消失不见。

"好像有东西，可是转过去了！得在恰当的时候停下！"

看来，底下的石盘有机关，有人在其表面制造凹洞。一般石臼不会有那种凹洞，要是凹凸不平，就无法平均研磨谷物。凹洞里显然藏着什么，我大叫："我打信号就停下！"

不料，燃烧的木材掉落，罗易斯放开杆子跪倒。木材喷溅着火星，滚到地上。罗易斯的衣服着火，母亲奔上前，扶他起身。就是现在！停下来！我朝他们打信号。罗易斯想扳起杆子，却摇摇晃晃，力不从心。母亲代替他抓住杆子，双脚站稳，发出嗨的一声，使劲一扳。杆子动了，一个齿轮刹住，相连的齿轮纷纷静止，造成剧烈的冲击，风车磨坊不断晃荡。

我紧盯石磨上的洞孔，几秒后，石臼停止旋转，洞孔里出现一处凹陷。我伸手摸索，底下的石盘凹陷处堆积着不少谷物。除谷物干燥的触感以外，指尖还摸到冰冷坚硬的物体，我抓住它站起来。藏在谷物中的是一把钥匙，系着一块木牌。母亲搀扶罗易斯移向出口，突然看着天花板大喊。我抬头仰望，一瞬间以为是错觉。屋梁和齿轮弯折，风车磨坊承受不住自身的重量，上半部即将崩塌。我没走阶梯，直接跃下石臼。母亲拖着罗易斯离开，我也一鼓作气冲了过去。轰隆轰隆，上方传来崩塌声，几乎要震破空气。熊熊燃烧的柱子掉落，插入我身侧的地面。炙热的巨大火团仿佛要砸扁我，头顶热得快烧焦了。不行，我会被压垮。以为死定了的时候，我通过磨坊的门口。

母亲和罗易斯坐在稍远处。明亮的朝阳中，蝴蝶在翠绿的原野上飞舞，景象一派和平。我站起身，回望后方。磨坊轰隆隆燃烧，火势蔓延到风车叶片，采光窗喷出浓浓黑烟，齿轮崩塌的声响连外头都能听见。我一冲出去，旋即掉下一堆木材，堵住了门口。由于冲得太猛，我在山坡上滚了好几圈。我尽情呼吸，沁凉的空气充满体内。

要是整座风车磨坊坍塌会非常危险，我们移动到更宽阔的地方。三人走起路来都歪歪斜斜的，随时会跌倒。

"石臼里藏着什么？"罗易斯问我。

"我找到了这个。"我把钥匙交给罗易斯。

"这是哪里的钥匙?不,等等,我看过这把钥匙。"他盯着钥匙上的木牌。

我和母亲走在原野上,庆幸逃过一场灾难。我们望着彼此沾满灰的脸,不禁微笑。直到此时,我才真正感到恐怖,吓得几乎要瘫坐在地。"林兹,你知道风车的暗号吗?"走在我身边的母亲开口,"小时候,母亲曾告诉我,以前的人会利用风车叶片转动的角度,向附近居民传达信息。"母亲停下脚步,回望熊熊燃烧的磨坊,母亲的头发随风飘扬,拂过被煤灰染黑的脸颊,"叶片呈十字,表示'暂时休息';如果是斜斜的十字,就是'现在打烊'。然后,四个叶片中,若有一片停在顶端过去一点的地方……"母亲停顿一下,风车磨坊现在恰恰是这种形状,"就代表'最近会有喜事',比方有人结婚或生小孩。"

母亲紧紧拥抱我,低声说"恭喜"。这么一提,我记得地图上的风车磨坊,叶片似乎也是这种角度。或许不必抓时机停下石臼,按地图上的图案停住叶片即可。

"怎么会这样!"罗易斯突然跪倒,一动也不动。我和母亲跑上前,低头觑着他。"我想起来了,这把钥匙……"他把脸埋在草丛中呻吟，"这不是3号房间的钥匙吗？"

我拿过他手中的钥匙一看，系着的木牌上写着数字"3"。

"我就觉得这块牌子很眼熟……"

罗易斯从长裤口袋掏出另一把钥匙。那把钥匙上也系有相同的木牌，写着"4"。

"怎么会有两把钥匙？！"

"两把都是珍保罗汽车旅馆的钥匙。放在我口袋的，是我们住的4号房间钥匙。而你在风车磨坊找到的，应该是3号房间的钥匙，木牌和字形都一模一样。诡异的是，怪盗歌帝梵居然把我隔壁房间的钥匙藏在了风车磨坊里。"罗易斯拿起我手中的钥匙。此时，风车磨坊的屋顶哗啦啦地塌下来。

"歌帝梵把汽车旅馆的钥匙藏在那里？"

"没错。"

"那布朗尼拿走的财宝呢？"

"全是假的。"

"你怎么知道？"

罗易斯从口袋里取出红色卡片交给我，那是怪盗歌帝梵留在犯罪现场的其中一张。扑克牌大小的卡片上，有风车磨坊的图案及怪盗的署名。

"其实，还有一项情报没公开。这是最高机密，连布朗尼我也没透露。"

看着卡片，我注意到一件奇妙的事。原以为是看错了，但似乎不是。

"别闹了，这张卡片是假的。"

"为什么你觉得是假的？"

"名字拼错了。"

卡片上的署名不是"GODIVA"，而是"GODDIVA"，有两个"D"。乍看不会发现，但细心一点就能辨别。罗易斯忍不住窃笑。

"一开始，搞错的是调查员和报社记者。怪盗在值得纪念的第一次行动后，留下写着'GODDIVA'的卡片，可是，向记者进行说明的警方人员少讲了一个'D'，所以新闻见报时，就变成了'GODIVA'。"

我疑惑地盯着卡片："什么意思？"

"这张卡片才是真的。每次作案，怪盗都会留下卡片。红色卡片上会有手绘的风车磨坊、编号和署名。不过，不是署名'GODIVA'，而是'GODDIVA'。调查总部没订正这个错误。第一次窃案发生时，警方没想到会演变成连续盗窃事件，便草率说明。之后窃案再度发生，现场留下的卡片也写着'GODDIVA'，但调查员仅仅告诉记者'又留下与上次相同的卡片'，于是记者报道犯人是'GODIVA'，依旧没订正错误。从此以后，怪盗歌帝梵的名号便诞生了。我们是无所谓，报道中刊登的怪盗名字正确与否并不影响办案，甚至有助于辨识冒牌货。可是，世上根本没有怪盗歌帝梵，只有'GODDIVA'。换句话说，是怪盗'GOD DIVA（神之歌后）'。"

"神之歌后？那埋在地下的财宝呢？"

"我不认为假的名字底下会埋藏真正的财宝。真正的财宝，应该在正确的名字底下。"罗易斯甩着旅馆的钥匙答道。此时，远方山路传来枪声。我们停止交谈，面面相觑，想必是布朗尼开的枪。三人中还有力气奔跑的只剩我了，于是我顾不得制止我的母亲，连忙赶过去。

冲回架着吊桥的悬崖时，我目击到可怕的景象。吊桥前方有一大摊血，会是谁的血？周遭不见两人的踪影，血迹点点延伸到桥上。桥中央数块木板破裂，布朗尼扛走的袋子挂在损毁的木板前端，财宝几乎掉光了。我从桥墩窥望悬崖底下。

"杜巴耶!"

激烈的水流快要卷走杜巴耶,只见他上半身攀着岩石,胸部以下全沉在河中。我呼唤他,但他毫无反应,恐怕已经昏迷。他约莫是使尽最后的力气爬上岩石的吧。杜巴耶身体大半浸泡在水里,随时会被急流吞噬。我寻找通往岸边的途径,不快点救杜巴耶,他就会没命。可惜,偏偏没有阶梯,也找不到平缓的坡道。没办法,我下定决心。

悬崖如同一堵高墙,我的胸部和肚子贴在粗糙的壁面,攀着突出的岩石,用脚尖寻觅可以承载体重的地方。想到不小心脚滑就会丢掉性命,我四肢发抖,动弹不得。激流冲刷着杜巴耶的身躯,溅起水花。快动!我对手说,努力抓住突出的岩石。探寻能够踩踏的地方!我接着命令脚尖。过程中,攀附的岩壁崩塌,掉下许多细碎石。我一寸一寸地慢慢往下爬。湍急的水流声越来越近,感觉得到冲击岩壁溅出的水花。

"林兹,快回来!"

母亲在崖壁上呼喊。我抬头仰望,只见母亲一脸担忧,旁边是罗易斯。他们一起来到吊桥。回去?别开玩笑了!还有谁能救杜巴耶?布朗尼打得罗易斯浑身无力，母亲也不可能爬下悬崖。

母亲放声尖叫。昏迷的杜巴耶滑下岩石，就要被河水吞没了。

说到底，为什么我非救杜巴耶不可？

为什么我要向那个恶毒的家伙伸出援手？

那家伙死掉是天经地义，最好下地狱。我讨厌那家伙，他叫我"移民"，歧视我，这次轮到我报复他了。他不明白我的感受，不懂我有多么气愤。居然把我当成蝼蚁对待，他最好死在这里。

杜巴耶俊秀的脸庞消失在水中。

你为什么会想跳下去？

罗易斯问。

那家伙确实很可恶。

不过，要是他不在了，我会伤心吧……

当杜巴耶沉入水中时，我这么想。

我和罗易斯在河边如此交谈。

我浑身都湿透了。

尾声

我们沿途不时停下休息，回到维塔默镇郊时，已是正午。罗易斯的车钥匙交给布朗尼了，所以没办法开那辆车，不过小卡车的钥匙就插在驾驶座上。罗易斯撑着虚弱的身体开车，母亲坐在副驾驶座，我和昏倒的杜巴耶一起坐在货台。

"他溺水了。"

送杜巴耶到医院时，母亲这么向护士说明。我们留下珍保罗汽车旅馆的电话，请院方等杜巴耶醒来便通知我们。我在河里泡过一阵，外表还算干净，但母亲和罗易斯的衣服上沾满了泥巴与煤灰，浑身脏兮兮的，脸和手脚也处处污黑，简直像扫烟囱的工人。护士显然有些受到惊吓，问了许多问题，但都被罗易斯随口应付过去。

我们在路边找到一家咖啡厅，点了三明治和热巧克力，狼吞虎咽起来。狼狈的外表依旧引人注目，可是我们无暇理会。填饱肚子后，我们坐在椅子上发呆。三个人都没说话，默默看着窗外。衣服仍湿漉漉的，我连打了几个喷嚏。

"亏你能活着回来。"

连罗易斯也不敢相信我还能坐在这里。

"你这个大傻瓜！"

回程途中，母亲不停地骂我。母亲第一次对我这么生气。

"话说回来，杜巴耶没受什么严重的伤。"我开口。

"那摊血似乎是布朗尼的。"罗易斯应道。

回到珍保罗汽车旅馆，我们前往3号房间。木板钉住窗户，看不见房内的景象。隔着一道墙，就是我举枪闯入的客房。

罗易斯拿出在风车磨坊找到的钥匙，插进3号房间的门。进去一看，一片空荡荡。原本期待会堆满金银珠宝的我大失所望。没有客房必备的床铺和衣柜，只有角落摆着一张寒酸的木桌，放着一张红色卡片及信封。卡片上有风车磨坊的图案、怪盗的署名和编号。注意到编号是"No.20"，罗易斯露出诧异的表情，仔细检查信封，里面装着手写的信笺：

我要对找到这个房间的你道声辛苦。这个房间原本用来收藏窃取的赃物，保管着这个国家的财宝，但如今已不再使用。我偷盗的财宝都运送到了其他地方，将分配给穷困的人们。这是我年轻时便立志要做的事。

出于某些缘故，我必须离开此地。我留下这封信，以尽最后的责任。身为怪盗，我总共偷窃二十一项物品。看到这里，你或许会感到纳闷。

没错，根据警方公布的消息，我一共犯下二十起盗窃案。我来解释怎么会出现中间的落差吧。警方遗漏了一起盗窃案，这也难怪，因为我无法在第二十起盗窃案中留下卡片，所以世人未能得知。

在第二十起窃案中，我偷走了人生中最无法取代的珍宝。那次行窃，不是为了将财富分配给穷人的理想，而是为了我自己。当时偷走的珍宝，我连同卡片放在这张书桌的抽屉里，请你一并带走，作为找到这个房间的证据吧。

GODDIVA 笔

我们望着书桌。这张木桌破旧得随时可能四分五裂。信上提到，抽屉里存放着警方不知道的赃物。

"我打开喽。"

罗易斯抓住抽屉手把，慢慢拉开。我屏住呼吸，目不转睛。打开一半的抽屉是空的，我不禁担心里面其实什么都没有。突然，一样东西滚了出来。那是可收在掌心的小玻璃瓶，装着灰色粉状物。我认得这个瓶子，却想不起在哪里见过。罗易斯拿起小瓶子检查，粉末从瓶盖缝隙洒落。

"那是……"母亲注视着瓶子低喃。

"你知道？"

"这是我们家不见了的胡椒粉瓶。很久以前的某天，突然从橱柜里消失了。"

"意思是，怪盗溜进我们家，偷走了柜子里的胡椒粉瓶？"

我一头雾水。罗易斯一屁股坐在椅子上，肩膀颤抖着，放声大笑。

"原来是这么回事！"罗易斯望向我，解释道，"你曾告诉我地图是怎么来的，还有在市场买《圣经》的经过。你们原本是要买胡椒粉吧？换句话说，家里的胡椒粉不见了，你才会去市场。由于怪盗偷走了你们家的胡椒粉，你才会在市场上得到藏有地图的《圣经》。你得到地图不是巧合，而是怪盗刻意安排。怪盗的真面目，大概就是和你一起去买胡椒粉的人。"

我回望母亲，又看向罗易斯，应道：

"还以为你很聪明呢，这怎么可能？"

我记得跟父亲一起去市场那天的事。可是，父亲是车站的清洁员。他应该是罹患肺病住院，最后逝世的普通人。何况，怪盗第二十一次犯案，不是发生在父亲死后吗？

"你是不是早就隐约察觉了？"罗易斯问母亲。

"你才是吧……"母亲回道。

"算了，有没有察觉都不要紧，那不是重点。我希望有人能说明一切。"

罗易斯摇晃胡椒粉瓶，灰色粉末倾撒出来。

"我来说明吧。"

后方响起话声，我们诧异地回头。房门口站着两个男人，其中一个我认得。那个人跟我差不多高，手脚也很小，脚上打了石膏，撑着拐杖。

"摩洛索夫先生！"

我和母亲忍不住惊呼，那是隔壁邻居叔叔。

"梅莉女士、林兹，好久不见。"他举起一只手打招呼。他在寄给我们的信里写着，在旅行途中碰到交通意外，所以没办法回家。看样子，他的伤还没痊愈。

"你好，我等你很久了。"另一个人开口。那是一位脖子像鸡一样细长的叔叔，我原以为我不认识他，但他的嗓音似曾相识。

"这位是汽车旅馆的老板，珍保罗先生。他是我和你父亲的老朋友。"摩洛索夫先生介绍。

"哎呀，我拜托内子照顾柜台，直到今早才发现罗易斯他们投宿在此。倘若我能够早点知道，你们也不会遭遇危险。"珍保罗先生苦着脸。

我、母亲和罗易斯都感到莫名其妙，茫然地望着两人。珍保罗先生对我说："我们不是第一次见面，而是见过好几次。比方，最近我不是和你在玄关聊过吗？由于联络不上摩洛索夫，我造访了你们住的公寓。"我试着回忆，珍保罗先生一副好笑的表情继续道，"而且你还在我的地摊买了胡椒粉和《圣经》啊。"

"你是摊贩叔叔！"

设有柜台的那幢建筑物，是珍保罗先生的住处。我们跟随他到客厅，与他美丽的妻子打招呼。他的妻子名叫荷芳①，送来点心和红茶后，便退进屋内。

"你父亲也常坐在那张椅子上喝红茶。"珍保罗先生指着我坐的椅子。摩洛索夫先生和珍保罗先生告诉我许多事情。他们十几岁的时候就结识了我父亲，在支持的政党聚会中记住彼此的长相和名字。之后三人互相通信，彼此加深了解。这么一提，我想起，父亲在祖父家的房间，桌子抽屉里存放着不少信件。

"你父亲离家后，我们建立了一个组织，实践共同的理想——窃取富人的财产，分配给穷人。组织名称就是'神之歌后'。偷来的财宝全部保管在这家汽车旅馆，稍早时已运去国外。我们的伙伴会将财宝换成金钱，捐赠给各慈善团体。如此一来，世界应该会变得像样一些。"摩洛索夫先生说明。

"太可惜了！"罗易斯感叹。

然而，他们的活动终究走到了尽头。由于父亲生病，即将不久于人世，经过商议，他们决定解散怪盗

---

① 取自珍保罗（Jean-Paul Hevin）巧克力品牌的后半。

"神之歌后"。父亲是组织的中枢,缺少他一人,便难以继续活动。摩洛索夫先生与珍保罗先生负责勘查现场,搜集必要情报;拟订行动计划、练习变装和行窃手法,并且实际下手的是父亲。

"只是,我没想到他会把地图藏在《圣经》里,买给儿子……他一直对我们的活动感到空虚,为此烦恼不已。他大概是在去世前有所体悟吧。"珍保罗先生继续道。

"可是,第二十一起盗窃案呢?'白银的长靴'是谁偷的?"我问。

"德梅尔留下计划书,写着他的点子,详述如何准备与行窃,由我和珍保罗执行。但少了德梅尔,我们非常不安。"

摩洛索夫先生回答。我怀着难以置信的心情,听着他们的话。父亲居然是怪盗组织的中心人物,我一时难以接受。要是在稍早之前得知此事,或许还会暴跳如雷,毕竟我一直认为怪盗歌帝梵是大坏蛋。现在虽然不这么想,却也无法将父亲的脸与怪盗重叠。据说,父亲常假装去摩洛索夫先生家整晚喝酒,其实是悄悄溜出镇上出任务。

"你们怎么能这样!"母亲鼓起脸颊,气愤地指责。

"为什么爸爸会把藏着地图的《圣经》留给我?"

"他想告诉儿子自己的真实身份。他一直期望,有一天你能找到那个房间。"

"未免太拐弯抹角,为什么不直接告诉我?"

"那会失去意义,你必须历经一场冒险。"

"冒险?我差点连命都没了!"

"因为接连发生意料之外的情况。原本要用更安全的方式带你过来,这是我的任务。我也应该资助你们的生活,却在旅行途中碰上交通意外!"摩洛索夫先生拍拍靠在桌边的拐杖,"一辆卡车冲向我的车,最初的一周,我毫无意识,一直躺在医院。这期间,你们的生活越来越困苦,然后你发现地图,侦探罗易斯来到镇上,难以置信的事接踵而至。可是,依照预定的计划,是我陪你踏上旅程,珍保罗假装成警察朋友,一并告诉你风车磨坊的图案,以及怪盗真正的名字。德梅尔是希望给你一场惊险刺激的大冒险啊!"摩洛索夫说完,拿手帕擦擦冷汗。母亲叉着腰,狠狠地瞪着他。

"我们不在时,情况产生各种变化,甚至有坏人参与其中,这些都是当初始料未及的。如果没有那些坏人搅和，你们不觉得会更顺利地找到风车磨坊吗？"珍保罗先生语带辩解。

母亲瞪向罗易斯。罗易斯拍拍我的肩膀，出声称赞：

"你真了不起，没依靠提示解决问题，自行选择了困难的道路。"

"都是你害这孩子遭遇危险！"母亲指着罗易斯，"而且还有人死掉了！"

"反正死的都是性格有缺陷的人。他们是社会败类，没必要放在心上。"

"我没办法那么想，你应该去自首！"

母亲和罗易斯争论起来。真要说的话，罗易斯屈居劣势。摩洛索夫先生与珍保罗先生战战兢兢地缩着脖子，觑着母亲。

"藏在风车磨坊里的财宝是假的吧？"我开口。

"是的。呃，算是一种幽默啦。我倒是有礼物要送你。"

摩洛索夫先生从胸前的口袋取出一枚金币，上面刻着古代英雄的侧脸。我不可能认错，那就是怪盗偷走的"英雄的金币"，想必是失窃的十枚金币中的一枚。单单一枚，便能买下整栋豪宅。

"我们认为，即使没全部捐出去，给自己留下一些也不过分。这是属于德梅尔的，请代他收下吧。"

摩洛索夫先生把金币塞进我的掌心。

我们在珍保罗汽车旅馆暂住了一段时间。摩洛索夫先生也住在1号房间，之前我窥探1号房间时，他碰巧外出。在母亲的逼迫下，罗易斯无可奈何地写信，说明我和杜巴耶是正当防卫。罗易斯在信中坦承，他和甘纳许警长想偷走地图，才会演变成后来的情况；而警长会死，是因为意图射杀小孩，遭到报应。

"梅莉女士，这样就行了吗？"

"很好。"

母亲读完信，满意地点点头，罗易斯松了一口气。不知不觉间，母亲变得比他强势。全国最知名的侦探居然得看母亲的脸色，那副模样实在引人发笑。

报纸头条印着《侦探罗易斯死亡传闻！》的标题，维塔默镇的咖啡店女服务生看过报道，非常担心名侦探的下落。另一方面，她却觉得老是大白天就一个人占据窗边座位的美术生非常碍眼。

"全国的小朋友都在担心你,快点回首都去吧。"

我劝坐在咖啡店打毛线的美术生。

"直到不久前,我还想当永远的风云人物,然而现在我已改变心意。"

"为什么?"

罗易斯从口袋中取出胡椒粉瓶,凝神注视。他想要我父亲从家里偷走的这样东西。

"我受够为政府工作了,那里不是我的归宿。我真正的归宿一定更小,就近在身边。"

美术生又补充道:

"而且,其实我最讨厌小孩子了。那些小鬼嘴巴周围沾满了巧克力,真想一脚踹开他们。"

我想他最好不要回去当什么儿童英雄了。

第五天中午,帮忙柜台工作的母亲接到一通电话,是医院打来的。我、母亲和罗易斯当天就开车赶到医院。

杜巴耶躺在病床上。他洗过澡,换上清洁的衣物,全身散发出高贵的气息。新来的护士第一眼看到这个病患时,肯定会认为他是天使降临人间,直到他开口爆出成串令人难以置信的脏话。

"还以为你们在风车磨坊里被烧成煤灰了呢。"

杜巴耶朝医院地板吐口水,似乎不怎么开心。

我们询问他当时吊桥上的详细状况。

"我在吊桥前追上了那个死胖子。"

两人扭打起来,布朗尼拿枪对准他。

"我一脚踢过去,那个白痴的枪就掉到了悬崖底下。"

可是,布朗尼还有一把枪。那是我带到旅馆,原本属于甘纳许警长的枪。布朗尼从外套的暗袋掏出第二把枪,瞄准杜巴耶。四周无处可逃,加上对方有所警觉,根本找不到机会,杜巴耶不能出脚。布朗尼扣下扳机,杜巴耶的胸口应该被子弹贯穿的。然而,下一瞬间,流血的却是布朗尼。

据说自动手枪的构造复杂,偶尔会发生故障。由于子弹没能发射出去,卡在枪中,直接在布朗尼手里爆炸了。布朗尼的右手被炸成两截,枪也掉落悬崖。布朗尼护着受伤的右手,仍不肯抛下装财宝的袋子。他面色惨白,摇摇晃晃地,执意过桥逃走。

"我追上他,在桥上扭打时,脚下的木板破裂,就倒栽葱掉下去了。"杜巴耶一脸不甘心。

我听得心惊胆战。之前我一直带着那把枪，如果在旅馆或别处扣下扳机，手就会被炸成两截。

"对了，后来的事你还记得吗？"罗易斯问杜巴耶。

"你怎么也在啊，蹩脚侦探？"

"是林兹把你从河里救起来的，简直是奋不顾身。"

"哼，这家伙来救本大爷是天经地义的。"

他怎会这么认为？我一点……不，完全无法理解，但我没插嘴。罗易斯苦笑，搭着杜巴耶的肩。

"这次的事，最让我惊讶的是你。我从没见过像你这么心思敏锐的少年。喂，你愿不愿意为我工作？要继续当侦探，我需要一个助手。你是个人才，不该埋没在乡下城镇永远当小混混。我无法看着像你这样的少年，在肮脏暗巷里毫无希望地消逝陨落。若是如此，我一定不会原谅自己，一辈子都会后悔，为何当时没拉那个少年一把。明白吗？我想拯救像你这样的少年，救一个是一个。像你这样聪明的少年，却默默无闻地消失，未免太没天理……"

罗易斯温柔地注视着杜巴耶，我和母亲不禁屏住气息。成为侦探罗易斯的助手，是每一个孩子的梦想。然而，杜巴耶甩开罗易斯的手，竖起食指左右摆了摆。

"啧啧啧,我当你的助手?你脑袋里装的是软趴趴的棉花糖吗?换成是你来当我的助手,倒是可以考虑考虑。"

杜巴耶与罗易斯赌上自尊,扭打成一团。两人一直打到护士赶来,怒斥:"都给我住手!"即使两人合开侦探社,我也不会想去委托案子。杜巴耶当天就出院了,院方拜托我们:"快把这名病患带走吧!"

我们试着调查布朗尼的下落,但没有疑似他的尸体被发现的新闻,也没听到类似的人住院的消息,至今生死未卜。"一定是沉到河底啦,鱼儿现在正大快朵颐呢。"杜巴耶说。

"不晓得人家今后有什么打算。"

跟母亲在维塔默镇上散步时,我说道。当日天气晴朗,舒适温暖。母亲披着淡色外套,边走边观察小镇居民的日常生活。

"你说的大家,指的是罗易斯先生和杜巴耶吗?"

"还有我们。"

每个人都前途茫茫。我和母亲商量后,决定不回原本居住的城镇。或许是罗易斯的亲笔信奏效，警方取消了对我和杜巴耶的通缉，可是，即使我们回去，也不一定能够恢复以往的生活。

我们沿着坡道走，来到一处可俯瞰这座城镇的小丘。母亲告诉我第一次遇到父亲的情景。两人的相识源于一起事件，父亲搭救遭遇困难的母亲。那是一个令人雀跃不已的冒险故事，爸爸妈妈居然是这样认识的，我觉得好玩极了。

"妈妈，你是不是早就发现了爸爸的秘密？"

母亲俯视着城镇，停下脚步。散布在山间的建筑物，看起来像许多的小点。

"在风车磨坊里快被烧死前，我原本想告诉你……第一次见面时，我就觉得他不是普通人。可是，我一直假装没发现，他也假装没注意到我发现了。去你爷爷家时，我住在他的房间，偷偷读过书桌抽屉里的信，内容提到了关于政治的事。我是瞒着他去的，他大概没机会藏信。"

"所以，一照面妈妈就发觉罗易斯的变装……"

"变装也没用。我会观察每一个遇到的人，怀疑他们是罗易斯的奸细。"

一向摆在餐具柜的全家福照，只在和美术生一起用晚饭时不见踪影，想必是母亲偷偷藏起来的吧。照片上有父亲写下的字句，母亲会不会是不希望美术生看见，以防他发现字迹与怪盗的卡片一样？

"如果罗易斯找上我们家，我打算……"母亲垂下目光，"我知道那样做是错的，毕竟他已不在人世。可是，很久以前我就打定主意，万一罗易斯查到什么，登门造访，我便要动手。"我听出母亲在对我自白。

"一旦你爸爸的秘密公之于世，我和你都没办法再过正常日子了吧？即使怪盗已不存在也一样。况且，我内心总忍不住把他的病归咎于侦探罗易斯。理智上清楚并非如此，情感上仍不由自主地这么想啊！"

我握住母亲的手，她的手好冰。我安慰母亲：

"不要紧，罗易斯活得好好的。"

幸好罗易斯是个讨人厌的家伙，早就把那条面包丢进河里。旅馆后方的河面漂浮着许多鱼尸，恐怕是抹在面包上的毒药渗进河水的缘故。母亲在药品工厂上班，有机会弄到毒药。多亏罗易斯丢掉了面包，母亲才没成为杀人凶手。

隔天，我和母亲启程前往祖父家。在父亲两个朋友的目送下，我们离开了维塔默镇。虽然留下了罗易斯和杜巴耶，但我不认为我们缘尽于此。总有一天，我会再见到他们。

母亲会驾驶小卡车。翻越几座山后，道路变得平坦。放眼望去是一片空旷的平原，我不禁联想到祖父家附近的风景。

"爸爸把钥匙藏在石臼里，是考虑到爷爷的缘故吗？"我欣赏着风景问道，"爸爸小时候，会不会看过爷爷在仓库用石臼磨粉？"

母亲瞄了我一眼，又专注地开车。

"我去爷爷家时，你还在我的肚子里。"

"你撑着阳伞从车站走过去，对吧？"

"爷爷告诉你的？"

"爸爸没说出秘密就过世，你觉得伤心吗？"

"不说也无所谓，我们的羁绊比你想的深。"

打开的车窗吹进风。在蓝天底下，吹着风也很舒服。小卡车驶过，后方沙尘飞舞。母亲轻轻哼歌，我静静聆听，忆起父亲的血统，沉迷于侦探相关报道的自己，以及拿枪瞄准别人的情景。抵达祖父家，要先做什么？祖父家应该没有巧克力，在途中买好带过去吧。我从口袋中取出金币。这一枚金币,能买到多少巧克力呢?我用门牙咬一咬。这要是巧克力肯定很有趣,可惜金币十分坚硬。我灵机一动,拿金色的纸包住硬币形状的巧克力,做成金币的模样如何?我从未看过这样的商品,不晓得会不会畅销?

我描绘着梦想,金币反射阳光,边缘闪闪发亮。一阵目眩神迷,视野顿时变白。

瞬间,我在光芒中看到一幕景象。

走在荒芜大地上的父亲、母亲与孩子。三人彼此依偎,抛弃故乡,逃离烈火与黑烟。流在我体内的血,是一场难以想象的漫长旅程。逃离战火时,祖母喉咙受伤,再也无法歌唱。而父亲小时候,总习惯听着祖母的摇篮曲入睡。

"GOD DIVA(神之歌后)"。

祝福旅途中的父母与孩子。

视野恢复清晰,与刚刚相同的道路在眼前无边无际地延伸。